Thoms Reise ins Ich
In 66 Tagen zur chronischen Gesundheit
Thomas Erny

© 2021 DieGesundheitsplaner.de

Idee & Inhalt: Thomas Erny, Christian Bethmann
Text: Bastian Steinbacher · BastianSteinbacher.de
Lektorat: Elisa Garrett
Satz: chaela · chaela.de
Umschlag: Grit Mischek · ART GM

1. Auflage (Juni 2021)

978-3-347-34177-7 (Paperback)
978-3-347-34178-4 (Hardcover)
978-3-347-34179-1 (e-Book)

Inhalt

7   Überraschung

9   Einführung

15   Thoms Schwächen werden zu seinen Stärken

25   Ariane, Thoms erste Patientin, wird zur Freundin

41   Gleiche Geschichte – gleiche Therapie?

61   Auszeit

71   Thom kehrt von seiner Reise ins eigene Ich zurück

89   Thom verliert sein Lächeln

101   Geschichten und Wissenschaft

111   Freunde öffnen Thom die Augen

121   Thom gewinnt sein Lächeln zurück

127   Thom lernt einiges dazu

141   Thom entdeckt das Geheimnis zur chronischen Gesundheit

149   Vertrauen ist gut, Kontrolle ist notwendig!

159   Die »Hab-mich-bis-zum-Tod-lieb«-Patienten

165   Chris und seine verrückte Idee

177   Thoms Nachwort

Dieses Buch ist all denen gewidmet,
die unter sogenannten Volkskrankheiten leiden,
wie Rücken- oder Gelenkschmerzen
sowie Herz-Kreislaufproblemen.

Überraschung

Macht dein Körper regelmäßig Probleme?

»Thoms Reise ins Ich« schenkt dir ein sysTE(A)M, mit dem du in nur 66 Tagen deine chronischen Beschwerden erarbeiten kannst.

Dazu möchte ich dir eine App ans Herz legen, die buchstäblich dein Leben verändern wird! Lade sie dir jetzt gleich auf dein Smartphone herunter: DieGesundheitsplaner.de

Der Gesundheitsplaner ist dein interaktiver Behandlungskoffer im Taschenformat! Mit der App analysierst du deinen aktuellen körperlichen Zustand. Sie hilft dir dabei, die Ursachen für deine Beschwerden zu finden, woraufhin ein gezieltes Gesundheitseinsteigerprogramm für dich entwickelt wird.

Du bekommst ein Bewegungsprogramm für 66 Tage und ein immunstarkes Wissens-Workout, das dir viele Optionen für eine gesunde Lebensweise vermittelt.

Es ermöglicht dir, deine Gesundheit zu erhalten und nachhaltig zu verbessern. Mit dem gebündelten Know-How wird der Gesundheitsplaner dein treuer Begleiter auf dem Weg zur chronischen Gesundheit!

Die nachfolgende Geschichte und alle Ausführungen in diesem Buch ergeben unter dem Gesichtspunkt der App-Benutzung noch mehr Sinn.

Für deine Gesundheit!

Dein Thom

Co-Gründer Gesundheitsplaner

Einführung

Das ist die Geschichte von Thom und seinem Weg, möglichst viele Menschen gesund machen zu wollen.

Sie beginnt für ihn als junger Mann mit der Frage, welchen beruflichen Weg er einschlagen möchte. Sein Leben war schon immer der Sport gewesen, seine Berufung aber sah er darin, Menschen zu helfen. Stets wollte er anderen Leuten zur Hand gehen, auch wenn er sich dadurch fremde Probleme zu eigen machte. Aufgrund seiner schulischen Leistungen überlegte er, ob er Medizin studieren oder Sportlehrer werden sollte. Nächtelang lag er auf seinem Bett und starrte an die Zimmerdecke, grübelte und wägte ab. Im Kopf spielte er beide Varianten durch und stellte sich vor, wie er sein Leben dem Sport verschreiben würde. Er war schon immer sportlich gewesen und den ganzen Tag in Bewegung – Sportlehrer zu sein wäre die logische Konsequenz. Oder aber er könnte den »sicheren Weg« gehen und Arzt werden. Für beide Optionen fielen ihm Gründe ein. Er war stets beliebt und setzte sich für seine Mitschüler ein, es erfüllte ihn, Menschen zu helfen. Aber auf Kosten des Sports, der bisher Grundpfeiler seines Lebens war?

Thom spazierte abends durchs Viertel, beriet sich mit Freunden und zerbrach sich dabei den Kopf. Die einen rieten ihm dieses, die anderen jenes, ein Bekannter brachte eine dritte Option auf den Tisch. Thom erkannte, dass er durch pures Nachdenken erst einmal nicht weiterkam und entschied sich dafür, Sport zu studieren. Mit dieser Grundlage würde er sich viele Möglichkeiten offenhalten und er folgte damit vor allem seinem Herzen.

Ein paar Jahre später war aus Thom ein Sportlehrer an einer weiterführenden Schule geworden. Ballsport, Leichtathletik, Körperkontrolle – Thom liebte sein Fach, spürte aber, dass er sein Potenzial noch nicht voll ausschöpfte. Kurzerhand entschied er sich für eine Weiterbildung zum Sporttherapeuten. Sein Durst danach, Menschen zu helfen und diese bei ihrer Heilung zu unterstützen, war durch das Lehrerdasein nicht ganz gestillt.

Nach seiner Fortbildung zum Therapeuten ging sein Herz vollkommen auf; und seine Leistungen als jemand, der die Menschen gesund machen wollte, sprachen sich herum. Fast alle, die in die kleine Praxis kamen, in der er arbeitete, fragten nach ihm und wollten von ihm behandelt werden.

So dauerte es nicht lange, bis er von einem größeren Institut angeworben wurde. Thom erkannte die Möglichkeit, noch mehr Menschen helfen zu können, sodass er den Vertrag unterzeichnete und fortan Angestellter des Instituts war. Auch hier lief alles fabelhaft und er festigte seinen Ruf als »Patientenflüsterer«. Durch seine pädagogische Ausbildung fühlten sich die Menschen gesehen und kamen gerne zu Thom. Sein Vorgesetzter Winfried schmunzelte regelmäßig, wenn er bei Wochenabschluss in der Terminvergabe den stets gut gefüllten Kalender von Thom erblickte.

Mit der Zeit fiel Thom auf, dass es unter seinen Patienten jene gab, die von sogenannten Zivilisationskrankheiten geplagt wurden, also Leiden, die sich in Symptomen äußerten, die auf kein eindeutiges Krankheitsbild hinwiesen. Kopfschmerzen, Rückenschmerzen, das Gefühl, ausgelaugt zu sein, Bauchweh oder Fettleibigkeit – alles besorgniserregende Ergebnisse unserer heutigen Lebensweise.

Thom hing fest. Seine Patienten freuten sich zwar von ihm umsorgt zu werden, aber sie wurden nicht wirklich geheilt und kamen nach ein paar Monaten wieder.

Er sprach das Thema bei Winfried an und erwartete, dieser würde seine Stirn in Falten legen und besorgt seufzen, aber das Gegenteil war der Fall: Sein Chef grinste und sagte, dass es ihn freuen würde, dass Thom den Patienten zwar half, sie aber nicht vollständig heilte. Die Tatsache, dass die Leidenden nach ein paar Monaten wieder auf der Matte stünden, sei ein Segen für den wirtschaftlichen Erfolg des Instituts.

Thom konnte kaum glauben, was er da hörte. Sein Ziel war nicht, Menschen »halbwegs« zu helfen – sondern sie gesund zu machen! Winfried schien offenbar andere Interessen zu verfolgen.

Wie schon als Jugendlicher legte Thom sich abends ins Bett und starrte an die Decke. Er ließ seine Patienten wissentlich in eine Sackgasse laufen, was ihm starke Bauchschmerzen bereitete. Er war doch nicht Sporttherapeut geworden, um Menschen eine Behandlung zu geben, die eigentlich gar nicht wirkte und nur für ein paar Wochen die Symptome linderte. Je länger er darüber nachdachte, umso mehr bedrückte ihn das Gefühl. Er nahm sich vor, bei Winfried einen Vorschlag einzureichen. Thom arbeitete gern im Institut, wollte aber die Behandlungsmethodik optimieren, weg von »Symptom bekämpfen«, hin zu »Ursache untersuchen«. Bereits am nächsten Tag unterbreitete er seinem Vorgesetzten den Vorschlag, das Institut in eine neue Richtung zu entwickeln; eine Richtung, für die er gerne die Verantwortung übernehmen würde. Er stieß jedoch auf taube Ohren und bekam die Erwiderung, dass das Institut gut laufe und er nichts riskieren wolle. Die Patienten wären zahlende Kunden und solange keine ernsthaften gesundheitlichen Komplikationen entstehen, sei das ganze Konstrukt ein prima Geschäftsmodell.

Hier war für Thom endgültig Schluss: Seine Motivation galt nicht dem Profit, sondern dem Wohl seiner Patienten – und zwar ausschließlich! Im Institut sah er für sich keine Zukunft mehr. Er kündigte und entschloss sich, seinen eigenen Weg zu finden.

So begann sie, die Reise von Thom, auf der er mit einigen Hürden und unerwarteten Wendungen zu kämpfen haben sollte …

Wenn du nicht weißt, wohin du willst, führt dich jeder Weg dorthin.

Lewis Carroll

Thoms Schwächen werden zu seinen Stärken

Thom musste während seiner Ausbildung zum Sporttherapeuten verschiedene Praktika durchlaufen. Sein Studium untergliederte sich in einen theoretischen und einen praktischen Teil. Eines der Praktika vollzog sich in einer Stätte, in der behinderte Menschen arbeiten durften. Thom half ihnen, mit den für sie angefertigten Prothesen umgehen zu können.

Besonders gut in Erinnerung behielt er dabei den ersten Freitagnachmittag seines zweiwöchigen Praktikums. Er war eigentlich schon müde, weil er von 7 Uhr an den ganzen Tag mit Patienten gearbeitet hatte. Es gab keine Mittagspause, weil er zwischendurch zur Post laufen und Rezeptscheine abholen sollte. Erst gegen 17 Uhr wollte er die erste Pause des Tages einlegen und dann auch direkt in den Feierabend gehen, als ihn sein Chef noch um einen Gefallen bat.

Matteo war der Inhaber der Stätte und zu jeder Zeit »Herr der Lage«. Es gab keine Situation, die ihn je aus der Ruhe gebracht hätte. Thom war beeindruckt von seinem Umgang mit den Patienten und den Herausforderungen des Alltags.

»Hör mal, Thom, würdest du mir noch kurz zur Hand gehen?«

Thom seufzte leise, der Feierabend schien in weite Ferne zu rücken. Eigentlich hatte er einen gemütlichen Fernsehabend geplant und wollte nicht noch länger eingespannt werden. »Es sind nur sechs oder sieben Paletten, die in den Keller getragen werden müssten; wir machen das natürlich gemeinsam. Wäre das okay?«

»Sieben Kisten?«, hakte Thom misstrauisch nach. »Ich war den ganzen Tag auf den Beinen und bin total kaputt.« – »Na los, wenn wir die gemeinsam anpacken, haben wir es schnell hinter uns!« – »Also gut!« Er packte mit an und 100 Kilogramm später waren die Kisten im Keller verstaut und die beiden wieder im Erdgeschoss.

»Geschafft! Danke dir, Thom!«

»Ich muss sagen ...«, schnaufte Thom, »... dass der Tag zwar sehr anstrengend war, es aber viel Spaß gemacht hat, den Patienten zu helfen. 100 Kilo nach unten zu schleppen ... war allerdings das Letzte, worauf ich eben noch Lust hatte!«

Matteo grinste und sagte: »Ja, das habe ich dir angesehen. Aber die Kisten mussten nach unten, das hätte ich nicht alleine geschafft. Danke dafür. Wie sieht es aus, wollen wir uns noch mit einer Limonade auf die Bank draußen setzen, um das Wochenende gebührend einzuläuten?«

Thom zögerte. »Na komm, die Viertelstunde hast du bestimmt noch übrig!«, motivierte Matteo ihn. Und dann willigte er ein: »Also gut, machen wir es!«

***

Draußen auf der Bank redeten Matteo und Thom über Gott und die Welt. Das Gespräch war nett, blieb jedoch oberflächlich. Bis Matteo irgendwann fragte, welche Wünsche, Ziele und Träume Thom habe. »Ehrlich gesagt ...«, setzte er an, »... bin ich mir noch nicht ganz sicher.« –»Wie meinst du das?« – »Ich fühle mich manchmal wie zerrissen zwischen verschiedenen Möglichkeiten. Ich weiß nicht, welchen konkreten Weg ich einschlagen könnte. Dazu kommt, dass ich mir selbst ganz schön Druck mache.«

Schweigend hörte Matteo zu, nickte und brachte Thom damit immer mehr zum Reden. Irgendwann hakte er ein: »Okay, ich glaube, ich habe dich verstanden. Du weißt nicht, wohin dein Schiff segelt, richtig?« – »So könnte man es sagen, ja.« – »Okay. Dann würde ich dir gerne die Geschichte einer jungen Frau erzählen.«

Thom guckte etwas irritiert, aber nickte. »Ok. Als junges Mädchen träumte diese Frau davon, einmal das Meer zu sehen. Sie wuchs in den Bergen auf und große Gewässer kannte sie nur aus Kinderbüchern und Filmen. Der Wunsch in ihr wurde so stark, dass sie eines Tages ihren Rucksack packte und sich von ihren Eltern verabschiedete, um loszugehen.«

»Ganz alleine?«, wandte Thom ein.

»Ganz alleine«, bestätigte Matteo. »Sie stieg den vertrauten Weg hinab ins Tal. Ihr Wunsch war unbändig; sie wollte im schäumenden Meer baden und den salzig frischen Atem dieser endlosen Weite auf ihren Lippen spüren. Also marschierte sie weit über die Grenzen der ihr bekannten Region hinaus.«

»Wenn das Ziel nur groß genug ist ...«, murmelte Thom in seinen Bart und hörte weiterhin aufmerksam zu.

»Sie traf viele Menschen auf ihrem Weg. Oft wurde sie zum Verweilen eingeladen und sie durfte in Gästehäusern übernachten. Manche Frauen rieten ihr besorgt von der Weiterreise ab, doch sie ließ sich nicht von ihrem Ziel abbringen.

Über die Monate hinweg wurde aus dem Mädchen dann eine junge Frau, und als junge Frau kam sie an eine große Wegkreuzung. Der Weg, dem sie bisher gefolgt war, gabelte sich vor dem Gebirge in vier Pfade, von denen zwei links und zwei rechts um die Berge herumführten. Sie wusste nicht weiter und setzte sich mitten auf die Kreuzung, um eine Pause zu machen.

Lange Zeit verweilte sie dort auf dem Boden und konnte sich für keinen der Wege entscheiden. Sie blieb an der Gabelung sitzen, bis sie von einer Gruppe fremder Wanderer angesprochen wurde.«

»Was haben diese Fremden gesagt?«, wollte Thom wissen.

»Nun, sie boten ihre Hilfe an und luden sie ein, mit ihnen zu kommen. Aber die junge Frau wollte das Meer erreichen und sich von der Kraft der Wellen tragen lassen. Sie bedankte sich bei den Fremden und blieb weiter an der Wegkreuzung sitzen, für viele weitere Tage, bis erneut ein Wanderer zu ihr kam und sich prompt neben sie setzte.

Er erzählte von seinem bewegten Leben und teilte mit ihr Brot und Wein; und auch er wollte nach ein paar Stunden weiterziehen und lud sie ein, mit ihm zu gehen. Aber auch hier verneinte die junge Frau und erklärte ihm, sie wolle das Meer sehen.

Weitere Wochen vergingen und aus ihnen wurden Monate bis viele Jahre. Die Frau saß auf dem Platz zwischen den Wegen, sah den Wolken nach, die über das Gebirge jagten, und träumte vom Meer.«

»Hmm ...«, wandte Thom ein, »... und sie ist von dort nicht weitergegangen?«

»Dazu komme ich jetzt ...«, antwortete Matteo. »Eines Morgens wurde sie abermals von einem Fremden geweckt. Dieser war unterwegs zu befreundeten Bauern, um ihnen bei der Ernte zu helfen. Dieses Mal entschied sich die Frau, mit ihm zu gehen, und so kamen sie in ein kleines Dorf und blieben dort über den gesamten Herbst. Sie half dabei, die Ernte einzufahren. Sie war froh, diese Entscheidung getroffen zu haben, es gefiel ihr gut bei der Familie und den Bauern – aber ihre Sehnsucht wurde bloß stärker.«

»Die Sehnsucht, das Meer zu sehen, nicht wahr?«

Matteo nickte und fuhr schließlich fort: »Genau. Eines Frühlingsmorgens packte sie ihren Rucksack und ging zurück zu der großen Wegkreuzung. Ratlos setzte sie sich an den Platz, den sie einige Monate zuvor verließ. ›Wenn ich nur wüsste, welcher Weg der richtige ist ...‹, sagte sie leise vor sich hin. Wieder saß sie sehr lange dort, bis erneut jemand kam, dieses Mal eine Frau, die unterwegs in ein anderes Dorf war, um ihre Waren zu verkaufen.

Da unsere junge Frau alleine zu keinem Entschluss gekommen war, ging sie mit ihr in das Dorf und half dabei, Hemden, Hosen und andere Kleidungsstücke zu nähen und auf dem Markt zu verkaufen. Doch auch diese Beschäftigung war nur von kurzer Dauer, sie packte erneut ihren Rucksack und lief zurück zu der Wegkreuzung.«

»Das klingt verrückt, offenbar war sie der Erfüllung ihres Traums immer noch kein Stück nähergekommen.«

Matteo erzählte: »Der Frau war an der Kreuzung alles vertraut und sie machte es sich dort erneut über Monate hinweg gemütlich, ohne eine Entscheidung zu treffen. Es vergingen weitere Wochen, Monate und Jahre. Sie alterte und wusste noch immer nicht weiter. Manchmal, in schlaflosen und hellen Nächten, glaubte sie aus der Ferne das Rauschen des Meeres zu hören und den Geschmack des Salzwassers auf den Lippen zu spüren. In einer solchen Nacht entschloss sie sich, in die Berge hinaufzusteigen und Klarheit zu erlangen.«

»Jetzt wird es spannend!«

Matteo grinste. »Und ob! Die Wanderung war nämlich sehr beschwerlich und die verwirrenden Felsengärten erschienen beängstigend. Für die Frau wurde es immer schwieriger, die steilen Hänge emporzuklettern; nach jedem erreichten Gipfel wartete bereits der nächste. Ihre Kräfte ließen zusehends nach.

Fast schon hatte sie selbst nicht mehr daran geglaubt, aber irgendwann stand sie oben – und der Ausblick war überwältigend. Tief unten entdeckte sie, ganz klein, die Wegkreuzung, an der sie so viele Jahre gesessen hatte. Sie erkannte das Tal mit dem Bauernhof, auf dem sie bei der Ernte geholfen hatte und daneben das kleine Dorf, in dem sie mit dem Schneidern von Hosen und Hemden beschäftigt war. Die alte Frau stand auf dem Gipfel des Berges und zitterte. Die vier Wege trennten sich vor dem Gebirge, umringten es, vereinten sich wieder und setzten ihre Reise fort bis zum Meer, in dem sich – weit entfernt – der Horizont zu spiegeln schien. Je länger sie schaute, umso deutlicher erkannte sie, dass jeder Weg sie zum Ziel ihrer Träume geführt hätte.«

Thom starrte ins Leere. Es war dunkel geworden und in den Büschen fingen die Grillen zu zirpen an. Matteo nahm den Faden wieder auf:

»Die alte Frau spürte ihre Kräfte schwinden, aber zugleich durchfuhr sie eine Welle der Kraft. ›Das kann es noch nicht gewesen sein; soll ich am Ende meines Lebens meinen Lebenstraum nur aus der Ferne sehen?‹, rief sie tief in die Nacht hinein. Und dann raffte sie all ihre Kräfte zusammen und trat am nächsten Morgen den Rückweg an. Dabei wusste sie oft nicht, welchen der Wege sie nun verfolgte. Mit aller Kraft ging sie weiter, bis sie eines Tages völlig erschöpft das Meer erreichte. Überglücklich nahm sie das Rauschen des Meeres wahr und spürte den Geschmack des Salzwassers auf der Zunge. Sie wusste, dass die Erfüllung eines Lebenstraums mit der Entscheidung für einen Weg verbunden war.«

»Ja, es bedarf einer klaren Entscheidung«, sagte Thom gedankenversunken in das Dunkel des Abends hinein.

***

Sie tranken noch ihr Getränk zu Ende und verabschiedeten sich voneinander. Ganze zwei Stunden haben sie auf der Bank gesessen und Thom war sehr müde geworden. Er lief nach Hause und ging sofort ins Bett. Der Tag, der für ihn eigentlich so anstrengend gewesen war, entpuppte sich als gewinnbringend; das Gespräch mit Matteo war für ihn sehr erkenntnisreich.

Am nächsten Morgen griff er nach dem Frühstück zu einem weißen Blatt Papier, auf das er mit einem schwarzen Kohlestift groß »Meine Reise« malte. Darunter schrieb er in dicken Lettern:

»Wer bin ich?«

»Was will ich?«

»Wer will ich sein?«

»Was brauche ich für meine Reise?«

»Welches Handwerkzeug ist nötig,
um erfolgreich zu werden?«

Darunter zog er einen Strich. Die Antworten fielen ihm nicht sofort ein, aber durch die Fragen sah er jetzt klarer – und das erleichterte ihn. Er atmete tief ein und noch tiefer aus. Er spürte seinem Ziel allein durch das Aufschreiben einen Schritt nähergekommen zu sein.

***

Thom packte seine Koffer; er sah sich ebenso an einer Weggabelung stehen, ganz wie die Frau aus der Geschichte, die ihm Matteo erzählt hatte. Einer der Gründe, warum er das Institut verlassen hatte, war, dass er immer öfter das Gefühl hatte, das Glas sei nur halb voll.

Die Worte seines ehemaligen Professors kamen ihm in den Sinn. Der putzte ihn runter, als er im Hörsaal eine Frage stellte. »Aus dir wird niemals ein guter Wissenschaftler, du erzählst immer nur Geschichten!« Er erinnerte sich an diese Worte genau, weil sie ihm den Boden unter den Füßen genommen hatten, andererseits aber an genau dieser Stelle einen unglaublichen Schub gaben. Einige Patienten, die er im Institut behandelt hatte, bedankten sich explizit bei ihm für seine zuvorkommende Art und dafür, dass er in einfacher Sprache die Zusammenhänge erklärte. Er war der Meinung, dass man die Sprache seines Gegenübers sprechen müsse und nicht so sehr in seiner eigenen, fachlichen Welt verhaftet sein dürfe.

Ihn ergriff Heiterkeit. Er lief mit dem Zettel in der Hand durch seine Stube und rief: »Das ist es!« Er würde selbst entscheiden, wie er die Menschen gesund machen konnte.

Innerhalb weniger Tage unternahm er einige Besichtigungstermine und suchte sich schließlich ein schönes Haus in der Stadt aus, in dem er die Menschen »chronisch gesund« machen wollte. »Carpe Diem« würde er das Haus nennen, denn er war überzeugt davon, dass er seine Ziele nur mit seinen Klienten gemeinsam erreichen konnte.

Carpe Diem: Nutze den Tag!

Dieser Leitsatz bildete den Startschuss in Thoms neues Leben.

Lewis Carroll

Ariane, Thoms erste Patientin, wird zur Freundin

»Carpe Diem« prangte in großen Buchstaben über der Eingangstür. Das Orange hatte er selbst lackiert und mithilfe eines Freundes übernahm er die letzten Arbeiten an dem alten Rohbau. Die Wände wurden neu tapeziert und gestrichen und im Obergeschoss verlegte ein Elektriker die Leitungen neu. Der Boden war aus Parkett, in den Praxisräumen lag elastischer Sportboden. Seine Patienten sollten sich rundum wohlfühlen und zielführend arbeiten können.

Immer wenn er draußen war, erzählte er vorbeilaufenden Passanten von seinem neuen Haus und der Möglichkeit, sich bei und von ihm behandeln zu lassen; und so dauerte es nicht lange, bis die ersten Menschen ihr Interesse bekundeten und sich einen Termin geben ließen.

***

Zur gleichen Zeit kam Thom mit seiner Frau zusammen und zog mit ihr in ein gemütliches Haus am Stadtrand. Sie hieß Krissi und er lernte sie ein paar Jahre zuvor im Urlaub am Strand kennen.

Er sprach sie an, weil er wissen wollte, wo das nächste Dorf liegt – und geriet mit ihr ins Plaudern. Beiden waren sie ahnungslos und beschlossen, gemeinsam zu suchen. Dort angekommen gingen sie essen und verabredeten sich für den darauffolgenden Tag.

Wie es der Zufall so wollte, wohnte sie nur 60 Kilometer von Thoms richtigem Wohnort entfernt, sodass sie sich auch nach dem Urlaub weiterhin treffen konnten. Aus dem Zufallsgespräch am Strand wurde eine Romanze und aus der Romanze erwuchs eine Liebe. Ein Zusammensein, das über Jahre andauern und in dem kleinen Haus am Stadtrand münden sollte, an dem Ort, an dem auch ihre beiden Kinder aufwachsen würden.

***

»Carpe Diem« war fertig; die Einweihungsfeier geplant und die ersten Flyer verteilt. Ariane war eine der Ersten, die sich einen Termin hat geben lassen. Mit ihrer herzlichen Art verzauberte sie Thom und er fand es immer schön, wenn sie die Praxis betrat. Auch ihr fachliches Wissen beeindruckte ihn. Sie arbeitete in einer Einrichtung, in der Tiere gezüchtet wurden, welche den Menschen Jahr für Jahr mehr zu schmecken schienen. Ariane war schon immer tierlieb gewesen und hat ihre Leidenschaft zum Beruf gemacht. Ihre Tätigkeit war körperlich jedoch sehr fordernd und sie musste sich ständig nach vorne beugen, um die Tiere in der Einrichtung zu füttern. Mit einer großen Schaufel hob sie das Futter aus der Schubkarre in den Trog und so kam es, dass sich mit der Zeit falsche Bewegungen einschlichen – ihr Rücken schmerzte seit Monaten.

Dazu kam, und das war ihr zweites Problem, dass sie etwas zu schwer für ihre Größe war. Als alleinerziehende Mutter erwärmte sie, wenn sie nach Hause kam, für sich und ihren Sohn oft nur ein Fertiggericht und schnitt dazu ein paar Gürkchen auf. Ihrem Sohn machte das nichts – aber Ariane merkte immer deutlicher, dass sie zu viel Gewicht mit sich herumtrug, was ihr Rückenleiden natürlich noch weiter verstärkte.

***

Wenn ein Therapeut einen Patienten behandeln möchte, gibt es zu Beginn immer ein Erstgespräch. In dieser sogenannten Anamnese erzählt der Patient, was ihn belastet und wo er Schmerzen hat. Dieser Dialog ist wegweisend für die gesamte Behandlung und hat einen entscheidenden Einfluss auf die Genesung. Je wohler und geborgener sich der Patient fühlt, desto eher kann er Vertrauen aufbauen und umso schneller kann er sich selbst die Lebensumstände schaffen, in denen er genesen kann.

Schon früher, in dem Institut, wurde Thom von vielen seiner Patienten dafür gelobt, dass die Anamnese so ausführlich ausfiel. Er wollte nicht nur wissen, was der Patient für Schmerzen hat, sondern auch, wie er sein Leben lebt. Viele Ärzte da draußen machen das nicht und fertigen ihre Patienten regelrecht ab; oft wird dann von »Zwei-Minuten-Medizin« gesprochen, in der die Menschen wie am Fließband abgewickelt werden. Das ist nicht das, was die Ärzte selbst wollen – sondern das System zwingt sie dazu! Thom hatte dem abgeschworen und konnte nun, in seinem »Carpe Diem«, die Gespräche so führen, wie er es für richtig und notwendig hielt. Und das tat er auch.

Hast DU Lust auf chronische Gesundheit?

Gesund bleiben zu wollen
ist eine Entscheidung.
Hast du sie schon gefällt?

Ariane erzählte ihm von ihrem Werdegang und wie es dazu kam, dass sie mit Tieren arbeitete. Ihre Eltern hatten etwas anderes für sie vorgesehen; sie sollte ursprünglich in den Meisterbetrieb ihres Vaters eintreten, ein Handwerk, das sie zwar mochte, aber nicht faszinierte. Für sie war es schwierig, ihrem Vater erklären zu müssen, dass sie sich ihr Leben nicht so vorgestellt hatte wie er. Er gab sich alle Mühe, wollte sie anlernen und ihr den Betrieb ein paar Jahre später sogar überschreiben – aber es kam anders, da Ariane ihre Liebe zu Tieren entdeckte, nicht zuletzt, weil sie häufig auf dem Bauernhof einer ihrer Freundinnen aus der Schule zu Besuch war. Dort durfte sie zwar streicheln und schmusen, aber musste auch ›anpacken‹, die Kühe melken, das Heu zusammenstochern, den Rindermist befördern und bei der Ernte helfen. All das mochte sie lieber, als im Betrieb ihres Vaters Hand anzulegen. Das Arbeiten mit den Tieren machte ihr richtig viel Spaß – und so kam es, dass sie nach der Schule eine Ausbildung in dem Bereich absolvierte und bis heute, siebzehn Jahre später, in einer Praxis angestellt war und einem Tierarzt bei seiner Arbeit half.

Für Thom setzte sich mittels dieser Erzählung ein Bild zusammen. Er fragte Ariane nach dem Verhältnis zu ihrem Vater. »Schwierig, immer noch schwierig«, antwortete sie und Thom sah, wie ihr Körper leicht in sich zusammensackte. »Er ist Anfang 70 und mittlerweile im Ruhestand. Aber noch immer habe ich das Gefühl, ihm nicht gerecht geworden zu sein. Es war damals schwierig für mich, ihm zu sagen, dass ich sein sehr groß-zügiges Angebot ablehnen werde. Er tat mir leid; sein ganzes Leben hat er sein Bestes dafür gegeben, mir etwas Schönes zu hinterlassen ... und ich habe es ihm einfach ausgeschlagen, als wäre es eine einfache Einladung zum Abendessen gewesen.«

»War er dir denn je böse?«, fragte Thom. »Nein, er hat das immer verstanden. Aber ich habe trotzdem ...«, und dann brach sie in Tränen aus. Thom nahm sie in den Arm, auch wenn er das nicht gerne tat. Zwischen Patient und Therapeut sollte es immer eine Distanz geben, um den Behandlungserfolg nicht zu gefährden. Den Patienten in den Arm zu nehmen wäre eine Grenzüberschreitung – aber in diesem Augenblick tat Ariane ihm leid und er konnte nicht anders. Außerdem hatte er freundschaftliche Gefühle für sie entwickelt.

Nach kurzer Zeit berappelte sich Ariane und die beiden konnten das Gespräch fortsetzen. Thom knüpfte direkt mit seiner Analyse an: »Ich glaube, Ariane, dass die Rückenschmerzen unter anderem daher kommen, dass du immer noch das Gefühl hast, eine Last mit dir herumzutragen. Du fühlst dich so, als hättest du deinen Vater damals enttäuscht. Auch als er gesagt hat, dass es für ihn in Ordnung sei, hattest du das Gefühl, seinen Erwartungen nicht gerecht zu werden. Du warst in Sorge darüber, er könnte deine Entscheidung missbilligen und sich schlecht dafür fühlen.«

Ariane schaute Thom neugierig an.

»Meinst du wirklich, dass dort eine Verbindung bestehen kann? Dass die Rückenschmerzen daher rühren?« – »Nicht allein, aber es ist gewiss ein Teil, wie ein Puzzlestück. Es ist gut, dass wir darüber gesprochen haben. Wie ging es denn mit dem Betrieb deines Vaters weiter?«

Sie erzählte, dass ihr Vater damals einen anderen Nachfolger gefunden hat, der die Stätte bis heute gut und erfolgreich weiterführt. So erfolgreich, wie Ariane es selbst vermutlich niemals geschafft hätte. »Es ist also alles gut gegangen ...«, fasste Thom zusammen. »Dein Vater ist froh, dass sein Lebenswerk nicht einfach abgerissen wurde, und ein anderer Mensch, der den Handwerksberuf vermutlich mit sehr viel mehr Leidenschaft ausgeführt hat, als du es je hättest tun können, freute sich über die Übernahme und die günstigen Startvoraussetzungen sowie den Kundenstamm, den er übernehmen konnte – und du, liebe Ariane, hast doch auch gefunden, was dich happy macht. Ende gut, alles gut?« Thom lächelte und Ariane musste nun auch lächeln, ihre Tränen waren schon fast getrocknet. »So habe ich es noch nie gesehen. Das stimmt.« – »Siehst du ...«, Thom stimmte ins Lächeln ein, »... und jetzt zeige ich dir, wie du das mit der Schaufel noch besser hinbekommst!«

***

Die beiden verließen die Sitzecke und begaben in die Mitte des Raumes. Thom schnappte sich einen Gymnastikball. Er mochte auf ihm zu sitzen und den Patienten von dort aus die Übungen zu erklären. Auf diese Weise fühlte er sich nicht oberlehrerhaft, sondern wie ein Partner auf Augenhöhe.

Ariane tat sich schwer. Sie hatte eine Schaufel aus Plastik, ein Imitat, mit dem sie üben sollte, mit dem sie aber den Schwung noch nicht raus hatte, da das Gewicht und das Gefühl, mit dem Gerät umzugehen, ein anderes war als mit dem »Original«. Die Motorik hatte sich noch nicht eingeschliffen und Ariane sackte mehrmals in sich zusammen. »Ach Thom ...« sagte sie und in ihrer Stimme war leichte Verzweiflung zu hören. Erneut schien es, als bräuchten die beiden eine Pause. Thom fragte einfühlsam: »Wo drückt der Schuh, meine Liebe?« – »Ich ... ich weiß nicht. Irgendwie erkenne ich den Sinn der Übung nicht. Wozu das Ganze? Ich kann mich erstens von hier aus nicht in meine Arbeit mit den Tieren hineinversetzen ... und darüber hinaus weiß ich nicht, ob es was bringt. Ehrlich gesagt bin ich mir gerade nicht mal mehr sicher, warum ich überhaupt hier bin.«

Thom rutschte auf seinem Ball hin und her und hörte sich Arianes Einwände in Ruhe an. Er nickte. »Pass auf ...«, sagte er, nachdem sie ausgesprochen hatte, »ich weiß, was du meinst. Du findest die Übung nicht sonderlich hilfreich und hinterfragst sie. Es ist gut, dass du deinen Zweifel geäußert hast.«

»Wirklich? Ich fühle mich eher, als sei ich wie ein Sandkorn im Getriebe, ach, oder, ein Sandkorn wäre noch schön, ich fühle mich, als wäre ich eine dicke Axt, die sich im großen Motorkomplex verirrt hat.«

»Ja, das verstehe ich. Aber lass mich dir erzählen, wie ich vor zwei Jahren, als ich noch am Institut gearbeitet habe, eine Fortbildung besuchen musste. Ein Seminar, in dem es um erfolgreiche Weiterentwicklung für Geschäftsleute ging.« Thom stand von seinem Gummiball auf und schritt an die Fensterbank. »Ich erkenne ...«, begann er, während er die Augen zusammenkniff, »dass wir einen wolkenlosen Himmel haben. Das ist super. Hast du deine Schuhe an?«, er schaute auf Arianes Füße. »Ja, prima, dann komm bitte mit!«

Mit schnellem Schritt verließ er das Zimmer und Ariane folgte ihm. Die Assistentin, die draußen am Empfang saß, wunderte sich und fragte ironisch, ob die Sitzung heute überpünktlich beendet sei. »Nein, nein ...«, rief Thom ihr zu, »wir sind noch nicht fertig. Wir gehen mal eben aufs Dach!«.

»Aufs Dach?!«, wandte Ariane protestierend ein und verlangsamte ihren Schritt. »Was ... wollen wir denn auf dem Dach?« Die Assistentin lachte. »Ich liebe Thom für seine verrückten Ideen ... also ... lieben im Sinne von ...« – und plötzlich mussten alle lachen, bevor sie sich wieder fing: »Keine Sorge, wenn Thom sowas im Sinn hat, wird es gut. Und auf dem Dach gibt es feste und sichere Geländer!«

Thom war bereits in der zweiten Etage angelangt und ging mit Ariane auf die nach oben führende Leiter zu. »So, Vorsicht; ich gehe vor. Du kommst nach und ich halte deine Hand und ziehe dich rauf!« Für Ariane, die ohnehin mit Gewichtsproblemen zu kämpfen hatte, war das keine leichte Sache, aber irgendwie ergriff sie eine Leichtigkeit und diese sonderbare Einlage fing an, ihr Spaß zu bereiten. Was Thom auf dem Dach wohl mit ihr vorhatte?

**

Oben angekommen musste Ariane erst einmal heftig durchschnaufen. Der Aufstieg hatte ihren Puls in die Höhe getrieben; Thom hingegen war so entspannt, als hätte er sich gerade nur eine Dose Limonade geöffnet. »Und ...«, pustete Ariane, »was gibt es jetzt hier oben?«

»Schau in die Ferne!«, antwortete Thom und deutete mit seinem Zeigefinger in eine Himmelsrichtung. Da vorne sehen wir gleich, wie drei oder vier Flugzeuge starten. Nicht parallel, sondern ...«
– »... und dafür scheuchst du mich hier hoch? Ich ...«

Sie war völlig außer Atem. Thom beobachtete sie besorgt, aber erkannte schnell, dass sie sich nach wenigen Sekunden beruhigt haben würde.

»Ich habe dich hier nach oben gebeten, weil wir mit eigenen Augen sehen wollen, was mit den Flugzeugen passiert, nachdem sie gestartet sind.« – »Wie meinst du das?« – »Nun, es kommt ganz stark darauf an, wie ... ah, warte! Da vorne, siehst du?!«

Thom deutete erneut in die Ferne und stellte sich nun direkt neben Ariane, um sicherzustellen, dass sie in die richtige Richtung schaute. »Da vorne steigt gleich ein Flugzeug, und weißt du was?«

Noch immer war Ariane leicht außer Atem; perfekt für Thom, um das Smartphone aus seiner Jogginghose zu nehmen und etwas hineinzutippen. »Ich schaue gerade nach ...«, kommentierte er, »welches Flugzeug das wohl war. Soweit ich das erkenne, wir haben jetzt gerade 15:36 Uhr, war das ein Flugzeug in Richtung Los Angeles, also Richtung Amerika.«

Ariane atmete wieder normal. »Ich mag es, Flugzeuge beim Starten zu betrachten. Aber ... wollten wir nicht Physiotherapie machen?« – »Machen wir ja auch gerade. Naja, zumindest gleich wieder. Lass uns ein paar Minuten hier oben warten.«

Das Flugzeug flog seinen Weg und verschwand kurze Zeit darauf in der Ferne, zu klein war es nun, um es mit bloßem Auge weiter verfolgen zu können. Dann startete der nächste Flieger. Diesmal hatte Thom sein Smartphone schon in der Hand und konnte ablesen, wohin er wohl fliegen würde. »Sankt Petersburg in Russland, über Moskau – das ist ja was! Toll, nicht wahr? Zwei derart unterschiedliche Ziele!«

»Ja, sehr toll ...«, reagierte Ariane ironisch und mittlerweile auch skeptisch. Als weitere fünf Minuten später das dritte Flugzeug aufstieg und Thom laut »Rom!« rief, war Ariane vollends verwirrt. »Kannst du mir bitte erklären, was es damit auf sich hat? Wir stehen seit geschlagenen zehn Minuten hier oben und beobachten Flugzeuge?«

Thom lachte laut. »Also, ich bin weiß Gott kein Flugzeugnarr. Es ging mir nicht um die Flugzeuge. Es ist so ...«

»Da startet ein viertes!«, unterbrach ihn nun Ariane. »Wo fliegt es hin?«

»Oh, das ist jetzt spannend ... Sekunde, ich schaue nach ... Mailand! Das haut mich jetzt um! Mailand liegt doch auf der Karte direkt neben Rom? Und ...«

Ariane hatte sich abgewandt und trottete zum Kaminsims.

»Ach, Liebes ... komm, lehnen wir uns einen Moment an!«

Sie schritten über das Dach und lehnten sich mit ihren Rücken an den Kaminsims. Thom setzte an zu erklären, warum er mit ihr aufs Dach gestiegen war.

»Viele Menschen wissen, dass Flugzeuge heutzutage mit einem sogenannten Autopiloten fliegen. Der Pilot muss nicht, ähnlich wie beim Führen eines Kraftfahrzeugs, das Lenkrad nach links und rechts drehen und damit bewirken, dass sich das Auto eben in diese oder jene Richtung bewegt ...«

»Das ist nichts Neues, ich habe vor gut einer Stunde ja auch noch so ein ›Kraftfahrzeug‹, wie du es nennst, gelenkt«, grinste Ariane ihn an.

»Richtig. Ebenfalls nicht neu ist, dass Piloten zwar wach und bei klarem Verstand sein müssen, aber im Prinzip nur ein paar Hebel umlegen, und sich ansonsten nicht groß um die Richtung des Flugzeuges kümmern; wie gesagt, das erledigt der sogenannte Autopilot für sie. Spannend wird jetzt aber der Fakt, dass es wenige Grad sind, die den Unterschied machen.«

»Wenige Grad? Was meinst du?«

»Damit meine ich, dass am Anfang der Autopilot justiert wird. Ich kenne mich nicht gut aus, aber jeder Zielort hat ja ein bestimmtes Koordinatenmuster, das der Pilot anwählen und damit ansteuern kann. Warte, ich kann das kurz ...«

Thom nahm erneut sein Smartphone zur Hand und nutzte eine Suchmaschine, um die Navigationsdaten herauszufinden.

»Ah, hier!«, meldete er sich nach wenigen Sekunden zu Wort, »Zum Beispiel Los Angeles. Das erste Flugzeug flog vor ein paar Minuten dorthin. Der Breitengrad ist 34.052234 und der Längengrad -118.243685.«

Ariane war verdutzt. »Ähm ... okay ... das mag sein. Aber worauf möchtest du damit hinaus?«

»Ich packe jetzt mein Gerät weg. Worauf ich hinaus möchte, ist, dass das Flugzeug an einem völlig anderen Ort ankommen würde, wenn die Gradzahl auch nur um eine einzige Ziffer verschoben wäre!«

Ariane begann zu verstehen, Thom fuhr erklärend fort:

»Es klappt nicht, wenn der Pilot das Flugzeug in die Luft bringt und von dort aus schaut, wie er irgendwie nach Los Angeles kommt. Das funktioniert beim Autofahren oder zu Fuß, wenn man mal eben Bananen oder Getränke einkaufen möchte – aber nicht bei einem Flugzeug. Hier muss schon lange vor dem Abheben geklärt sein, welche Koordinaten angepeilt werden.«

»Ja, ich glaube, ich verstehe, was du meinst. Die Koordinate nach Los Angeles war irgendwas mit 30, 34 oder so? Wäre sie 35 oder 36, würde das Flugzeug im anderen Teil von den USA landen, in Florida oder Mexiko oder sogar in Kanada.«

»Exakt, Ariane! Eine winzig kleine Änderung zu Beginn – ein völlig anderes Ergebnis. Deshalb ist es wichtig, dass du bei allem, was du anfängst, bereits beim Starten dein Ziel im Blick hast. Dass du weißt, wo du ankommen möchtest und nicht einfach blindlings ›drauf los‹ fliegst.«

»Jeeeetzt verstehe ich!«, fiel es Ariane wie Schuppen von den Augen, »Warum wir hier oben sind. Na klar. Weißt du noch, als ich vorhin unten im Raum, als du auf dem Ball gesessen bist, nicht wusste, warum ich mit diesem Gerät das Schaufeln üben sollte?« – »Natürlich weiß ich das noch. Es ist gerade mal eine Viertelstunde vergangen und außerdem war das der Auslöser für unseren kleinen luftigen Ausflug nach oben!«, grinste Thom triumphierend.

»... der auch bitternötig war«, nickte Ariane zustimmend, während sie in die Ferne blickte. »Ich weiß, worauf du hinaus möchtest. Ich muss verstehen, was es mir bringt, ich brauche ein Ziel, auf das ich hinarbeite. Meine Navigation sollte von Anfang an programmiert sein ...«

»Und du musst darauf achten, dass du nicht ein paar Grad zu viel nach links oder rechts einstellst«, ergänzte Thom. »Genau!« – Ariane schien jetzt voll Tatendrang.

Die beiden stiegen wieder nach unten und betraten erneut den Therapieraum. Thom fasste zusammen, worin Arianes Problem bestand. Und dann ging es los! Er erklärte ihr, was passieren würde, wenn sie einfach wie bisher weitermachte – und wie sie diesen Irrweg, in den sie langsam, aber sicher hineinstolperte, vermeiden konnte. Dafür brauchte es die Übung, die er ihr zeigte – und auf einmal schien sie viel motivierter. Sie arbeitete gut mit, verausgabte sich nicht, aber strengte sich an. Ihre Ernsthaftigkeit war deutlich, sie hatte ein Ziel vor Augen.

Ariane war nach diesem Termin nicht mehr nur die erste Patientin in Thoms eigenem Haus; vielmehr war es der Startschuss für eine Freundschaft zwischen den beiden.

Erkenntnis Nr.1

Bevor du etwas finden kannst,
musst du dir bewusst machen,
was du suchst.

Was ist dein Ziel?
Inwiefern soll sich
dein Leben verändern?

Gleiche Geschichte – gleiche Therapie?

»Kannst du mal kurz die Kamera halten?«
»Ja, klar.«
»Oh, und meinen Notizblock?«
»Hm, ja, klar, nehm' ich dir auch ab.«

Zwei Minuten später.

»Kannst du noch?«
»Ja.«

Weitere zwei Minuten später.

»Du, so langsam wird mein Arm lahm!«
»Ich bin gleich fertig ...«

So (und so ähnlich) liefen viele Gespräche zwischen dem kleineren Bonsai und dem großgewachsenen Hightower ab. Sie waren Arbeitskollegen und arbeiteten gemeinsam bei einer Zeitung, für die sie Artikel schrieben, Gespräche führten, Inhalte zusammenfassten und Informationen sortierten.

Der Zeitdruck in der Branche war groß, da insbesondere die Online-Portale ständig mit den neusten Nachrichten bedient werden mussten und es war nicht selten, dass die beiden nach mehreren Überstunden erst um 19 oder 20 Uhr nach Hause kamen.

Raum für gutes, gesundes Essen? Zeit für Bewegung, Sport oder Ausgleich? Fehlanzeige. Sowohl Bonsai als auch Hightower hatten das Gefühl, keine 40-Stunden-Woche, sondern 40-Stunden-Tage leisten zu müssen.

Einmal im Monat trafen sie sich privat zum Kegeln. Diese Abende hatten etwas Verbindendes, weil ihre Familien zusammenkamen. In der Lokalität gab es Schnitzel mit Pommes frites, Mayonnaise und Cola sowie das ein oder andere Bier für die Erwachsenen. Gleichzeitig bildete der Kegelabend den einzigen Sportmoment im Leben der beiden – bis zu diesem einen besonderen Tag im Juni.

»Bonsai, ich ...«

»Was ist denn, Hightower?«

»Ich habe irgendwie ein ganz flaues Gefühl im Bauch.«

Hightower hielt sich zudem die Brust. »Ist alles in Ordnung bei dir?«

»Ich weiß nicht, Bonsai.«

Das Ganze geschah in einem Einzelbüro, das sie für eine Besprechung nutzen wollten. Hightower war gerade dabei, für eine Reportage ein paar Fakten an einer Pinnwand zusammenzustellen, als es ihn wie einen Blitz durchfuhr und er sich augenblicklich hinsetzen musste. Irgendwas in der Region seiner Brust schien ihn stark zu belasten – aber er konnte es nicht genauer beschreiben. Ihm wurde schwindelig.

»Meinst du, ich sollte einen Arzt rufen?«

»Nein, ich glaube, es geht gleich schon wieder.«

Nach 20 Minuten ging es dann wirklich; Hightower hatte sich längs auf die Bank in der ›Pausenhalde‹ (so wurde der Aufenthaltsraum genannt) gelegt und mehrere Male tief durchgeatmet. Es war bereits 18 Uhr und die meisten Kollegen waren nicht mehr im Haus. Es war Sommerloch – und der Druck für die Neuveröffentlichungen nicht so stark wie zu anderen Zeiten des Jahres. »Was da wohl los war?«, fragte Hightower in die Runde und Bonsai konnte darauf nicht antworten. »Ich weiß es nicht, aber ich habe mir Sorgen gemacht.«

Hightower meldete sich für den Tag ab und fuhr nach Hause, den darauffolgenden Tag hielt er sich ebenfalls frei, sodass er für ein längeres Wochenende zu Hause bleiben und sich ein bisschen ausruhen konnte.

***

Ausruhen – das war der Plan. Und das gelang ihm auch. Bis zum Montag.

Dies Mal stand jedoch nicht Hightower im Zentrum des Geschehens, sondern Bonsai. Dieser hatte während eines Meetings mit anderen Kollegen große Probleme, sich zu konzentrieren. Zu sechst bereiteten sie gerade eine größere Artikelreihe vor, als Bonsai plötzlich blass im Gesicht wurde und sich selbst nicht mehr in der Lage sah, an der Besprechung teilzunehmen.

»Bonsai?«, sprach ihn die Redaktionsleiterin Ulla an. »Ist alles in Ordnung?« Aber Bonsai reagierte kaum noch, er konnte sich nicht mehr auf die Inhalte konzentrieren und für kurze Zeit wirkte es, als sei er wie weggetreten. »Hey, Bonsai!« – jetzt griff ihn Hightower direkt am Arm und schüttelte ihn leicht. »Ja? Ich ...«, fing Bonsai an zu stammeln. »Ich bin, wieder ... ich glaube, ich brauche ein wenig frische Luft!«

Ulla nickte und gab Hightower per Handzeichen zu verstehen, dass er Bonsai begleiten solle. Er stand sofort auf und gemeinsam mit zwei anderen Kollegen stützten sie Bonsai, holten ihm seine dünne Sommerjacke und geleiteten ihn nach draußen. Vor dem Gebäude setzte er sich mit Hightower auf eine Schräge im Eingangsbereich und holte ein paar Mal tief Luft.

»Mensch, was ist denn mit dir los?«, fragte Hightower ihn und grinste. »Du bekommst so langsam wieder etwas Farbe ins Gesicht. Was war denn gerade da oben?«

Bonsai brauchte ein paar Sekunden, bis er antworten konnte. »Du ...«, sagte er dann, »ich weiß auch nicht. Irgendwie wurde mir schummrig, beinahe schwarz vor Augen. Ich hatte einen richtigen kleinen KO!«

»Das haben wir gemerkt«, antwortete Hightower. »Das sah wirklich nicht gut aus und hat uns echt einen Schrecken beschert.«

Eine Weile saßen die beiden nebeneinander und schwiegen. Nach einer Viertelstunde öffnete sich die Eingangstür und Ulla, die Redaktionsleiterin, kam heraus. »Da seid ihr ja«, sagte sie warmherzig. »Bonsai, wie fühlst du dich?«

»Wieder ganz in Ordnung«, antwortete er und versuchte zu lächeln. »Die vergangenen Wochen waren stressig ... eigentlich waren die vergangenen Monate stressig. Ich vermute, ich hatte da einfach einen schwachen Moment.«

Ulla nickte mitfühlend und wandte sich an Hightower. »Mir ist zu Ohren gekommen, dass du letzte Woche ebenfalls einen kleinen Durchhänger hattest?«

»Woher weißt du das denn?«, reagierte Hightower überrascht.

»Du hast dich in den fünf Jahren, die du jetzt für unsere Zeitung arbeitest, noch nie spontan krankgemeldet. Letzte Woche war es das erste Mal. Das hat mir zu denken gegeben.«

»Das stimmt. Ich spürte plötzlich etwas in meiner Brustregion. Gott sei Dank ist das nicht mehr wiedergekommen, aber ein bisschen Angst hatte ich schon. Letzten Mittwoch oder Donnerstag ist das gewesen.«

»Wisst ihr ...«, sagte Ulla und trat einen Schritt zurück, »ich glaube, es wäre gut, wenn ihr euch beide mal von einem Arzt durchchecken lassen würdet. Jemand, der euch von Kopf bis Fuß untersucht und sagt, ob euch körperlich irgendwas fehlt. Was denkt ihr?«

Die beiden sahen sich an. Durchchecken lassen? Eigentlich erfreuten sie sich bester Gesundheit – zum Arzt gehen und sich ›durchchecken‹ lassen, das machen doch nur ältere Leute. »Meinst du wirklich, dass das eine gute Idee ist?«, fragte Bonsai. »Eine sehr gute sogar!«, bekräftigte Ulla. »Ihr seid für den restlichen heutigen Tag und auch für morgen freigestellt. Bitte schaut, dass ihr das hinbekommt, ja?«

Sie ging zurück ins Gebäude und ließ die zwei draußen stehen. Zwei Männer, anderthalb Tage Zeit für einen medizinischen »Check-up« – was würde wohl passieren?

**

Der Arzt, der die beiden untersuchen sollte, begrüßte sie freundlich und untersuchte dann einen nach dem anderen. Erst Bonsai, dann Hightower; für jeden nahm er sich ungefähr fünf Minuten und fragte nach Vorerkrankungen und dem aktuellen Lebensstil. Anschließend nahm er einige Instrumente zur Hand und maß den Blutdruck, fühlte den Puls und schickte sie zu seiner Assistentin, die ihnen jeweils Blut abnehmen sollte. Anschließend sollten sie sich einem EKG unterziehen und zusätzlich gab es für Hightower noch eine Ultraschallaufnahme von seinem Herzen.

»Eigentlich ...«, sagte der Arzt, als er die beiden verabschiedete und sich dem nächsten Patienten widmen wollte, »würde ich euch gern ein oder zwei Pillen verschreiben. Aber erstens macht ihr auf mich einen gesunden Eindruck und zweitens ... gibt es, bevor ich euch Chemie verordne, erstmal noch viele andere Dinge, die ihr tun könnt und die euch gesund machen können.«

»Und welche sind das?«, fragte Hightower neugierig.

Der Arzt streckte seinen Zeigefinger in seine Richtung und rief: »Bingo! Eine Sekunde!«

Bonsai und Hightower grinsten einander an. Was der Doktor wohl vorhatte?

Mit der anderen Hand nahm der Arzt seinen Telefonhörer in die Hand und wählte eine Kurzwahlnummer. Sofort schien jemand abzuheben, denn nur wenige Sekunden später sprach er: »Anke? Ja. Wie hieß noch gleich der Therapeut, von dem alle so schwärmen? ... Ja, genau, der Neue, mit der neuen Praxis, dieses tolle Haus ... ja, aaaah, ja. Genau. Können Sie die Adresse auf einen Zettel schreiben und den gleich austretenden Herrschaften am Empfang aushändigen? ... Ja, prima, danke!«

Dann legte er auf; Bonsai und Hightower wandten den Blick voneinander ab und richteten ihn auf den Arzt. »So, meine Herren – wie Sie vermutlich gehört haben, empfehle ich Ihnen den Gang zu einem Therapeuten, von dem ich Gutes, wenn nicht gar Sensationelles gehört habe. Er arbeitet sehr gründlich und nah am Patienten. Wir in der Praxis sind hier zur Stelle, wenn sich die Beschwerden ernsthaft auf organischer Ebene zeigen sollten, aber davon gehe ich gerade erst mal nicht aus; bis dahin sind Sie bei dem Mann, dessen Kontaktdaten meine Helferin gerade vorbereitet, bestens aufgehoben. Machen Sie sich dort einen Termin, gern auch zu zweit, und dann können Sie mit ihm alles Weitere besprechen!«

Bonsai und Hightower bedankten sich, standen auf und verließen den Besprechungsraum. Draußen hatte die Helferin tatsächlich einen Zettel vorbereitet und erklärte den beiden: »So, schauen Sie mal! Hier ist der Name des Mannes und hier die Adresse. Sie finden die Praxis, wenn Sie ungefähr zwei Kilometer westlich laufen, fast bis zum Ufer des Flusses. Sie werden die Strecke und das Haus mögen; ich selbst war noch nie dort, aber ich habe privat schon von mehreren meiner Bekannten gehört, dass die Behandlungserfolge außerordentlich seien!«

Hightower nahm den Zettel zur Hand und schaute gemeinsam mit Bonsai darauf. Es war wie eine Visitenkarte, mit einem Spruch: »Mit der Gesundheit ist es wie mit dem Salz; man bemerkt sie nur dann, wenn sie fehlt«, den Hintergrund der Karte bildete ein schönes Landhaus mit einem Fluss davor.

»Einladend!«, kommentierte Hightower.

»Und da sollen wir hin?«, fragte Bonsai und las anschließend weiter vor: »Carpe Diem – das wird wohl der Name des Therapeuten sein.« – »Wohl eher des Hauses, in dem er arbeitet«, lachte Hightower und holte die Jacken hervor. Sie verabschiedeten sich von Anke und machten sich umstandslos auf den Weg zum »Carpe Diem«.

***

»Na, das ist ja ein Zufall!«, begrüßte sie Thom, noch bevor sie in das Gebäude eintreten konnten. »Euch habe ich doch schon mal gesehen ... wart ihr nicht neulich vor Ort, als ihr über den Brand in der Schwanenstraße berichtet habt?«

Hightower und Bonsai waren sehr überrascht, sie hatten nicht damit gerechnet, dass der Inhaber des Gesundheitshauses höchstpersönlich vor der Tür stehen und sie begrüßen würde. »Ähm – ja, das waren wohl wir!«, sagte Bonsai immer noch überrumpelt. »Wir arbeiten bei einer Zeitung und sind oft in der Gegend hier unterwegs«, ergänzte Hightower. Thom streckte ihnen die Hand aus; »Ich bin Thom!« und lächelte freundlich.

»Ihr wolltet doch zu mir, oder?«, fragte er und ließ die beiden kaum antworten. »Lasst mich nur kurz Prospekte raus in den Hinterhof tragen. Immer diese Reklame ... nun denn, was führt euch zu mir?«

Bonsai ergriff zuerst das Wort: »Nun, mein Arbeitskollege Hightower und ich hatten in den vergangenen Tagen unabhängig voneinander einen Schwächeanfall bei uns auf der Arbeit. Der Arzt sagte, er könne auf organischer Ebene keine Krankheiten feststellen und bevor er uns Pillen verschreiben wollte, schickte er uns zu dir!«

»Soso ...«, sagte Thom und erkundigte sich nach dem Namen des Arztes. »Doktor Neumann also ... ja, das gefällt mir. Wisst ihr was? Kommt direkt mit rein! Vor einer halben Stunde hat ein Patient abgesagt, wir können also jetzt loslegen und ich ziehe euch vor, wenn ihr wollt?«

Bonsai und Hightower schauten sich an und konnten ihr Glück kaum fassen. Der Erstkontakt gestaltete sich vollkommen anders als in der Arztpraxis vor einigen Stunden. Auf Anhieb hatten sie ein gutes Gefühl mit Thom, der sie so herzlich und nett begrüßte, wie sie es höchstens von Familiengeburtstagen kannten.

Gemeinsam betraten sie also das Haus »Carpe Diem« und Thom bat seine Assistentin darum, Bonsai und Hightower aufzunehmen. Er drehte sich wieder zu ihnen und erklärte sogleich: »Das ist Juliane! Sie wird eure Daten aufnehmen und euch begrüßen, ihr könnt gerne schon mal einen Schluck Wasser trinken, wir haben gerade neue Rosenquarze bekommen, dann schmeckt das Wasser immer so schön nach Mineralien. Oder wollt ihr Tee? Juliane, haben wir noch Tee?«, und bevor Juliane antworten konnte, fuhr Thom wieder fort: »Jedenfalls muss ich noch kurz einen Termin nachbereiten und mich im Anschluss kurz frisch machen. Wir können danach sofort starten, Juliane zeigt euch, wo ihr warten könnt. Ich freue mich!«

Sofort stand Juliane hinter den beiden und nahm ihnen die Jacken ab, um sie in den Garderobenraum zu legen. »Was darf's denn sein – Wasser oder Tee?«

***

Nur sieben oder acht Minuten später war Thom schon bereit, mit der Behandlung anzufangen. Bonsai und Hightower standen gleichzeitig auf, aber Thom ging dazwischen. »Nein, nein. Das können wir nicht machen. Ich freue mich darüber, dass ihr gemeinsam gekommen seid, das zeigt, dass euch etwas verbindet, und dieses ›etwas‹ kann sich heilend auswirken. Jetzt allerdings würde ich euch gerne nacheinander ins Gespräch holen. Eure Körper und Organismen arbeiten jeweils auf eigenständige Weise und genauso eigenständig müssen sie auch betrachtet werden. Deshalb: Wer von euch mag beginnen? Der jeweils andere ist dann ungefähr 20 Minuten im Anschluss dran.«

»Wow!«, kam es aus Bonsai heraus. »20 Minuten? Der Arzt, der uns hergeschickt hat, hatte gefühlt nur zwei oder drei Minuten für uns!«

Thom presste die Lippen zusammen und nickte. »Ich weiß, dass es oft so läuft. Das ist nicht die Schuld der Ärzte; die würden sich gern länger mit euch besprechen. Aber dazu später mehr, lasst uns erstmal anfangen. Wer möchte starten?«

Der kleinere Bonsai stand von seinem Stuhl auf. »Ist es okay, wenn ich den Anfang mache?« – »Ja, natürlich. Ich nehme mir solange eine Zeitschrift.«

»Prima ...«, kommentierte Thom die Einigung, »wenn das mit euch beiden auch einzeln so reibungslos läuft, bin ich mir sicher, dass ihr schnell euer Ziel erreicht haben werdet!«

Thom nahm Bonsai mit in sein Besprechungszimmer und sie setzten sich gegenüber auf Stühle. »Wo fehlt es denn?«, fragte Thom einfühlsam und legte seinen Kopf schief. Anschließend erzählte Bonsai die ganze Geschichte, vom Wegknicken seines Arbeitskollegen bis hin zu seinem Vorfall am Vormittag in der Redaktion. Während der Arzt im vorherigen Gespräch lediglich seine Messinstrumente zur Hand nahm, fragte Thom nach und ließ sich den Lebens- und Arbeitsalltag von Bonsai schildern. Dieser brauchte ein paar Minuten, um Vertrauen zu fassen, kam aber dann sichtlich ins Reden und erzählte von seiner Vergangenheit, seiner jetzt gelebten Gegenwart und seinem Plan für die bevorstehende Zukunft. Thom legte die Stirn in Falten. »Das ist aber ein ganz schönes Programm«, kommentierte er. »Und es gibt tatsächlich so wenig Pause?«»Naja«, entgegnete Bonsai, »die Pausenzeiten sind völlig normal, wie in jedem anderen Job. Aber unsere Branche lebt davon, dass wir pausenlos arbeiten, dass wir keine Zeit verlieren, die aktuellste Meldung auf den Schirm zu bringen. Wenn du da einmal zu langsam bist, wirst du nicht mehr geklickt und ein Negativkreislauf beginnt.«

»Ein Negativkreislauf also?«

»Ja, so würde ich es bezeichnen. Es ist ein stressiger Job, den ich zwar liebe, der mir aber einiges abverlangt. Mir gefällt die Vielseitigkeit; heute begleite ich die Eröffnung eines Kindergartens, morgen bin ich bei einem reichen Unternehmensberater und übermorgen fertige ich eine Reportage über eine bodenständige Familie an, die etwas außerhalb der Stadt auf einem Bauernhof lebt und Ziegen und Schafe hält. Es sind die vielzähligen Kontakte und die bunten Situationen, die mich jeden Morgen aufstehen lassen.«

»Burn-out ist also kein Problem?«

»Nein, gar nicht. Noch mal: Ich brenne für das, was ich mache.«

»Ja, aber manchmal ist ja genau das das Problem. Dass man so sehr brennt, dass man …«

»… ausbrennt?«

Thom nickte: »Genau, dass man ausbrennt und kaum noch Zeit für irgendwas anderes hat, sich keinen Ausgleich mehr gönnt und deshalb die ganze Zeit wie unter Strom steht. Einmal kurz an eine elektrisch geladene Rolltreppe zu fassen ist nicht so schlimm; aber für mehrere Minuten eine Stromleitung zu umgreifen, kann mitunter auch tödlich enden.«

»Ja ...«, antwortete Bonsai, »das stimmt schon. Ich habe mich eigentlich nie so gefühlt, als würde ich ausbrennen. Klar, ich hatte immer weniger Zeit für meine Familie, mein Privatleben und auch für die Dinge, die mir eigentlich wichtig gewesen wären.«

»Welche sind das? Was wäre wichtig gewesen?«

»Nun – ich habe zum Beispiel früher unheimlich gerne gekocht. Selbst gekocht. Nach der Schule habe ich sogar mit dem Gedanken gespielt, ein richtiger Koch zu werden, aber meine Leidenschaft galt der Politik, sodass ich etwas in diese Richtung studiert habe und dann zu einer Zeitung wollte. So ist es auch gekommen, aber ...«

»... aber das Kochen fiel nach hinten ab?«

»Ja«, Bonsai schaute etwas beschämt zu Boden, »und es ist ja auch kein Geheimnis, dass ich im Verhältnis zu meiner Größe ein paar Kilo zu viel mit mir herumschleppe.«

»Wie ernährst du dich denn?«

»Meist essen wir mittags in einem Imbiss, aber jeder zu unterschiedlichen Zeiten. Mit Hightower bin ich, wenn wir nicht gerade irgendwo unterwegs sind für einen Bericht, ganz gut vernetzt, sodass wir meist zu zweit essen können.«

»In einem Imbiss also?«

»Ja, Currywurst oder Bratwurst, mit Kartoffelsalat, manchmal ein bisschen Salat dabei. Oder eine Suppe, eben je nach dem, was dort an dem Tag zubereitet wird.«

»Kann ich ja auch verstehen. Oft muss es schnell gehen, gerade in so einem stressigen Beruf.«

»Ja.«

Thom schaute Bonsai noch eine Weile an. Der schaute erst zurück, dann auf den Boden, dann wieder nach oben zu Thom, der inzwischen mitfühlend lächelte. Dann ergriff Bonsai wieder das Wort: »Vielleicht ... ich meine, das war schon heftig, als ich da in der Redaktionssitzung einfach zusammengebrochen bin. Vielleicht tut es mir gut, wenn ich wieder anfange, selbst zu kochen. Das ganze Fertigessen, das wir uns da jeden Tag rein-ziehen ... offenbar kommt mein Körper bei der Verarbeitung nicht hinterher.«

»Ich wäre gespannt, dich in vier Wochen wiederzusehen und dann mit dir zu besprechen, ob das etwas gebracht hat.«

»Ja«, antwortete Bonsai und stand auf; Thom hingegen rief: »Nein, warte. Nicht aufstehen und weglaufen!« Thom lachte, Bonsai auch.

»Wenn ich dich jetzt einfach so gehen lasse, ist zwar der Funke übergesprungen, aber ... weiter auch nichts. Die Erfahrungen zeigen, dass es wesentlich zielführender ist, wenn wir kurz darüber reden, auf welche Weise du dein Vorhaben praktisch in die Tat umsetzen kannst.«

»Wie meinst du das?«

»Na – du sagtest, du wollest wieder selbst kochen. Wie könnte das praktisch aussehen?«

»Hmm ...«, Bonsai zögerte eine Sekunde und sprach dann weiter: »Pfanne mit Öl erwärmen, Salz aus dem Regal nehmen ...« – »Nein, nein«, unterbrach Thom ihn wieder und musste abermals lachen. »Nicht den Kochvorgang. Ich glaube dir, dass du ein begnadeter Koch bist, das hörte sich eben authentisch an. Mir würde es eher darum gehen, inwiefern du den Kochvorgang und das Speisen des gesunden Essens in deinen stressigen Tagesplan einbauen kannst, weißt du?«

»Ah, okay, darauf wolltest du hinaus!«, und jetzt musste auch Bonsai lachen, ehe er in ein kurzes Grübeln verfiel und motivierend von Thom angeschaut wurde.

»Ich denke ...«, setzte Bonsai schließlich an, »dass es gut wäre, wenn ich ein- oder zweimal pro Woche selbst zu Hause koche. Dann habe ich Portionen für jeden Tag, kann mir in einer Schale was mitnehmen und bei uns in der Pausenhalde erwärmen.«

»In der ... was?«

»In der Pausenhalde!«, wiederholte Bonsai mit einem weiteren Grinsen und erklärte: »So heißt bei uns der Pausenraum, der ... naja, zur Hälfte aus Küche und zur Hälfte eben aus einem Aufenthaltsraum besteht, den wir wie eine Art gemütliches Wohnzimmer eingerichtet haben.«

»Ach so«, jetzt musste Thom wieder lachen, die beiden hatten eine gute Chemie. »Das hört sich doch wirklich gut an. Und was ist mit morgens und abends?«

»Morgens esse ich sowieso nicht, und abends ... ja, da muss ich mir etwas einfallen lassen. Wenn ich abends nach Hause komme, möchte ich mich ungern noch mal in die Küche stellen.«

»Wie könnte da eine Lösung aussehen?«

Thom war sehr gewissenhaft, ihm lag Bonsais Wohl sehr am Herzen. Er wollte ganz genau austüfteln, wie sich Bonsai essenstechnisch versorgen konnte. Aber seine Fragestellungen schienen schon auszureichen, Bonsai redete weiter:

»Abends könnte ich mir etwas anliefern lassen oder eben noch etwas holen. Kein Fast Food. Wir haben eine gute Salatbar direkt neben der Redaktion, die ist bis 21 Uhr geöffnet, das sollte hinhauen. Und manchmal, da werde ich ja auch noch was von meinem Mittag übrig haben.«

Thom war zufrieden. »Das klingt wirklich gut, Bonsai. Ich bin stolz, dass du dir das jetzt selbst, binnen weniger Sekunden, erarbeitet hast. Natürlich ist es mit dem bloßen Entschluss noch nicht getan. Aber ... ja, mit diesem Plan habe ich ein gutes Gefühl, dich jetzt hier zu entlassen, alles Gute zu wünschen und dich, wie gesagt, in zwei bis drei Wochen wiederzusehen.«

»Einverstanden«, sagte Bonsai, stand auf, gab Thom die Hand und ging hinaus in den Raum, in dem Hightower in eine Zeitschrift vertieft war.

»... und jetzt, der Nächste!«, rief Thom in den Raum hinein und Hightower erschrak sich sogar ein klein wenig. »Oh, es ist schon so weit?«

***

Das Gespräch der beiden begann ebenfalls vielversprechend. Hightower erzählte Thom viel von seinem Leben und davon, dass er sich immer weniger bewegen würde. »Neulich, da habe ich eine Gehaltserhöhung bekommen und mir davon ein neues Auto gekauft. Seitdem erledige ich fast alles nur noch mit diesem Wagen!«, erzählte er.

Thom war auch hier empathisch und hakte nach. »Was genau machst du denn so für Erledigungen, den ganzen Tag?«

»Mal hier, mal da«, antwortete Hightower. Er war direkt redselig und schien im Gegensatz zu Bonsai nicht erst warmwerden zu müssen.

»Kannst du das noch mal genauer erzählen, was da letzte Woche passiert ist?«

Und dann erzählte Hightower von der vergangenen Woche, von seinem Zusammensacken, seinen Schmerzen in der Brustgegend und seiner Verunsicherung. »Die Werte«, ergänzte er, »die der Arzt genommen hat, scheinen okay zu sein, jedenfalls ergaben EKG und Ultraschall keine Auffälligkeiten, wir müssen abwarten, was die Blutwerte sagen. Aber ...«

»Ja? Aber?«

»... aber ich bin mir fast sicher, dass irgendwas in meinem System in die falsche Richtung gelaufen ist. Wir arbeiten jeden Tag mindestens neun Stunden, wenn nicht manchmal zehn oder elf, abhängig davon, was aktuell fertig werden muss. Ich weiß nicht, ob ich dafür vielleicht nicht gemacht bin, aber es gibt Wochenenden, da schlafe ich nur in einem Zug durch.«

»Interessant ...«, kommentierte Thom, »und bewegst du dich viel?«

»Nein, eben gar nicht mehr, spätestens seit dem Autokauf. Es gibt Erledigungen, Einkäufe. Sogar dann, wenn ich einen Hund hätte und ihm Auslauf gewähren wollte, würde ich vermutlich mit dem Auto zum Hundepark fahren.«

»Verstehe. Was denkst du, könntest du tun?«

Leise Zweifel beschlichen Thom. Er fand, dass Hightower klar war, klar in seiner Ausstrahlung, klar in seinem Geist und klar in seinen Aussagen. Vielleicht ein wenig zu klar, dachte sich Thom. Bonsai hingegen sah den Wald vor lauter Bäumen nicht mehr und hatte seine Ernährungsprobleme gar nicht so auf dem Schirm; Hightower wusste genau, was er tat – und trotzdem änderte er nichts daran. Vermutlich wäre Hightower ein ›härterer Brocken‹, dachte sich Thom, als er zu Hightower sagte:

»Du weißt also, was zu tun ist. Wie waren denn deine Werte beim Arzt?«

»Wir waren erst vorhin dort und die benötigen ein paar Tage, um alles zu prüfen. Ich war jedoch immer gesund und vermute, dass die Werte nicht auffällig sind.«

»Okay, das ist eine gute Ausgangsbasis«, sagte Thom und schaute Hightower nun ernst in die Augen. »Die Werte sind das eine – das andere ist, wie du dich fühlst. Das Erlebnis letzte Woche war ...«

»Ja, das war so, wie ich es nicht gerne wieder erleben würde«, ergänzte Hightower.

»Und wie denkst du, kannst du dafür sorgen, dass sich das nicht wiederholt?«

»Hmm.«

Die beiden schwiegen sich an. Thom wollte ihm nicht alles auf dem Silbertablett servieren. Er wusste, dass der Behandlungserfolg wahrscheinlicher sein würde, wenn der Patient selbst eine Lösung vorschlug.

»Ehrlich gesagt – keine Ahnung!«, platzte es nach einer Weile aus Hightower raus. Er schien unzufrieden. »Ich weiß, ich müsste dieses und jenes. Mehr Salat essen, mehr Gemüse, mehr Sport treiben. Weiß ich alles. Ist aber gerade ...«

»... nicht möglich?«, ergänzte Thom den begonnenen Satz und schmunzelte freundschaftlich. Hightower lächelte und sagte zu ihm: »Das klingt wie Ausreden, hm?« – Thom stieg darauf nicht ein. Zu keiner Sekunde möchte er Patienten in eine Ecke drängen. Schlagworte wie ›Ausrede‹ halfen da nicht.

»Sagen wir so, Hightower ... ich vermute, du brauchst erst ein ›Warum‹, das klar vor deinem geistigen Auge schwebt. Du wirkst frisch, lebendig – das ist toll. Aber ich glaube, dass du dein Verhalten leichter verändern kannst, wenn du weißt, weshalb du es verändern solltest.«

»Hmm.«
»Mein Vorschlag: Nimm das Ganze mit. Lass es mal sacken, schlafe ein paar Nächte drüber. Und wir sehen uns in einer Woche erneut. Okay?«

»Ja, so machen wir es, einverstanden.«

Bonsai und Hightower gingen jeweils nach Hause zu sich in ihre Wohnung.

Bonsai fing an zu kochen, Hightower ging früh zu Bett und schritt das Gespräch mit Thom gedanklich noch einmal ab.

Thom machte sich ebenfalls seine Gedanken. Er wusste: Im Prinzip hätte er beiden, Bonsai und Hightower, genau das Gleiche empfehlen wollen. Beiden würde es guttun, wenn sie sich gut ernährten und regelmäßig Sport trieben, glückliche Beziehungen führten und – vor allem – einen gesunden Ausgleich zwischen Sozialleben und Beruflichem hätten.

Das Problem war, dass beide, obwohl sich die Situation so gleich darstellte, trotzdem unterschiedliche Voraussetzungen mitbrachten; allein die Geisteshaltung schien anders zu sein. Bonsai war offen, Hightower eher nicht. Bonsai ging sofort in die Umsetzung – Hightower verbrachte viel Zeit mit Nachdenken.

Wieder einmal wurde Thom klar, dass nicht jeder, der ein gleich klingendes Problem wie ein anderer hat, mit jeweils derselben Therapie versorgt werden kann.

Erkenntnis Nr.2
Gehe nicht davon aus, dass alle,
die scheinbar gleiche Probleme haben,
mit demselben Therapieprogramm einen
ähnlichen Erfolg haben werden.

Suche nicht nach dem besten Programm
der Welt. Finde das Programm, das du
regelmäßig bereit bist zu tun!

Auszeit

Die Tage von Thom wurden länger – und auch die Liste seiner Patienten. Anfangs waren es drei bis vier in der Woche, mittlerweile, ein Jahr nach Eröffnung, drei bis vier pro Tag, Tendenz steigend. Das war zwar schön, aber auch ermüdend, weil er an die Grenzen seiner Behandlungsfähigkeit kam.

Bonsai und Hightower waren hierfür ein gutes Beispiel. Sie kamen mit einem ähnlichen Beschwerdebild, aber nur Bonsai konnte Thom tatsächlich helfen. Er merkte, dass Menschen, die gleiche Probleme mitbrachten, sich nicht immer gleich behandeln ließen.

So kam es, dass Thom sich nach Feierabend auf sein Bett legte und grübelte, wie er es damals in seiner Jugend tat. Krissi beobachtete ihn dabei und versuchte ihn aufzumuntern: »Was ist denn los mit dir? Seit Tagen legst du dich abends, wenn du nach Hause kommst, direkt auf dein Bett, anstatt mit uns das Abendessen vorzubereiten. Die Kinder fragen schon immer nach dir!«

»Ach, weißt du, meine Liebe, ich mache mir einfach gerade viele Gedanken. In der Praxis läuft es gut, du weißt ja, dass wir unseren Kredit fast abbezahlt haben – und das nach nur einem Jahr! Das ist phänomenal.«

»Das weiß und schätze ich auch. Es ist kaum zu glauben, dass wir schon so früh finanziell weitestgehend unabhängig sind.«

»Genau. Auf dieser Ebene ist alles in Ordnung. Und auch mit den Patienten läuft alles gut; ich kann vielen von ihnen richtig gut helfen.«

»Aber, Thom? Wo drückt der Schuh?«, fragte Krissi ihn mitfühlend.

»Ich frage mich, warum gewisse Programme und Maßnahmen, die ich verschreibe und gerne empfehle, so unterschiedlich erfolgreich sind. Teilweise kommen die Menschen mit exakt den gleichen Beschreibungen zu mir – und bekommen entsprechend die gleiche Antwort; und trotzdem kann ich ihnen auf lange Sicht nicht gleich gut helfen. Das frustriert mich.«

Thom und Krissi einigten sich darauf, dass er noch zehn Minuten auf seinem Bett liegen könne und anschließend mit Martha, ihrer gemeinsamen Tochter, den Tisch decken würde. Ihr Sohn Karl war etwas ruhiger. Während Martha gerne Menschen um sich herum hatte, verzog Karl sich lieber in sein Zimmer und las ein Buch, setzte ein Puzzle zusammen oder traf sich mit Freunden aus seinem Schachverein.

Krissi verließ schließlich das Schlafzimmer und Thom lag weitere Minuten auf seinem Bett, während er an die Decke starrte. Er schloss die Augen, ließ seine Gedanken kreisen und träumte von seiner Zeit als Student, mittlerweile sehr viele Jahre her …

***

Damals hatte er viele sportliche Freunde gehabt und mit einigen von ihnen beschloss er, einen Fahrradurlaub zu machen. Die vier sind jeweils mit ihren Fahrrädern die Küstenstraße entlanggefahren, von Südfrankreich am Mittelmeer durch die Pyrenäen nach Spanien; sie lernten viele kleine und traumhafte Orte und Landschaften kennen.

Bei einer Kreuzung, da erinnerte sich Thom auch heute noch dran, war der Ausblick über einen Berg so überwältigend, dass ihm fast die Tränen gekommen waren; sie hatten keine Kameras dabei, weil jedes Kilogramm Gepäck eines zu viel war, aber der Ausschnitt hat sich – vermutlich auf Lebzeiten – in Thoms Gehirn eingebrannt.

Thom träumte von ihrer Anreise, der Überfahrt, dem Radfahren, den Gesprächen, den Pausen, den Speisen, den kleinen Dörfern und Städtchen, die sie alle kennenlernen durften und natürlich von den anstrengenden Aufstiegen auf die Berge.

Jäh wurde er aus seinem Minutenschlaf gerissen; sein Wecker klingelte laut. Es waren acht oder neun Minuten vergangen und Thom war noch leicht benommen, als er aufstand und ins Wohnzimmer ging. Martha begrüßte ihn mit einem erfreuten: »Papa – da bist du ja!« Thom hob sie hoch und gab ihr einen Kuss auf die Stirn.

»Na, auferstanden?«, feixte Krissi im Hintergrund und Thom begann, den Tisch für das Abendessen zu decken. »Karl? Kommst du dazu?«, rief er, während er die Messer neben die Teller legte. »Ich habe mich entschlossen!«, erzählte er, als sie saßen und ihre Stullen schmierten.

»Entschlossen? Was meinst du?«, fragten Karl und Martha beinahe gleichzeitig.

»Ich habe mich entschieden. Lasst uns nächste Woche in unsere zweite Heimat nach Spanien fahren!«

»Au ja, Spanien!«, rief Martha begeistert. Krissi war noch etwas skeptisch: »Spanien? Du meinst ...«

»Ich meine, dass ich mir eine kleine Auszeit genehmige. Etwas Luft, Zeit zum Nachdenken. Und euch drei nehme ich mit!«

Eine Woche später standen sie mit gepackten Koffern am Auto. Die kleine Reise würde die Familie näher zusammen und Thom auf neue Ideen hinsichtlich seiner Behandlungen bringen.

So jedenfalls der Plan – es kam alles ein bisschen anders ...

***

Das Hotel war schön und insbesondere das gesunde und reichhaltige Frühstück begeisterte die junge Familie. Fast jeden Tag unternahmen sie eine Radtour und erkundeten die angrenzenden Dörfer, Berge und Täler. Sie lernten Pflanzen und Insekten kennen und fuhren mit ihren Rädern erst zehn, dann 20 und nach vier Tagen schließlich 50 Kilometer pro Tag. Insbesondere Karl hatte Spaß daran, all das Wissen, das er aus Büchern hatte, auf die echte Welt anzuwenden. Dann fielen sie abends allesamt kaputt in ihre Betten und schliefen sich aus.

Thom genoss diese Zeit, und während er meist an der Spitze des Vierergespanns fuhr, hatte er Raum, um sich den Gedanken zu stellen, die ihn seit längerem beschäftigten.

Der Wind peitschte ihm um die Ohren und alle 20 Minuten mussten sie eine kleine Trinkpause einlegen; dennoch konnte er lange Gedankenketten bilden und sich der Frage nach den unterschiedlichen Behandlungserfolgen nähern.

Nach ungefähr einer Woche war es besonders den beiden Frauen langweilig geworden. Sie waren müde und erschöpft. Karl sagte, es fühle sich nicht wie Urlaub an – eher wie eine lange Sport-expedition. Und auch Martha sagte, dass sie in der folgenden Woche nicht mehr so viel Radfahren könne. Krissi sehnte sich nach Entspannung, einem Strand, Cocktails und ein bisschen Schwimmen.

Thom stutzte. Natürlich war es in Ordnung, wie sich seine Liebsten beschwerten; aber auf einmal sah er den gesamten Trip aus einem anderen Blickwinkel. Er war auf der Suche nach Entspannung, Urlaub, einem leeren Kopf – seine Familie auch. Trotzdem gab es unterschiedliche Vorstellungen darüber, wie das konkret aussehen sollte. Ihm fiel das Sprichwort ein, dass viele Wege nach Rom führen – und es mitunter gar keinen Sinn ergeben könnte, nach dem Programm zu suchen, das für alle-samt passt.

»Also gut ...«, gab er sich schließlich geschlagen, »dann machen wir morgen die letzte Radtour. Und anschließend überlegen wir uns, wie wir die nächsten Tage gemeinsam verbringen, in Ordnung?«

Die drei willigten ein und so ging es erneut die Berge hinauf und Täler hinab. Wieder durchfuhren sie kleine Dörfer und wieder nahmen sie Tiere und Grünes wahr. Mitten auf dem Weg kamen sie an der Kreuzung auf einem kleinen Berg vorbei, die Thom bereits kannte. Vor Jahren, als er mit seinen Freunden hier war, hatte er sie zum ersten Mal befahren und war bereits damals ganz ergriffen von der Pracht an Blumen, die am Wegesrand wuchsen, und von dem Lichteinfall, den die angrenzende Landschaft der Umgebung schenkte.

Doch seine Familie schien der Anblick nicht zu begeistern; im Gegenteil, eher angestrengt blickten sie drein und fragten, wann es denn weiterginge. »Sekunde, schaut doch mal!«, versuchte er das Augenmerk auf die Natur zu lenken, aber vergeblich.

Thom machte gute Miene zum bösen Spiel, obwohl er innerlich wirklich geknickt war. Diese Vielfalt! Wieso hatten sie keine Augen dafür? Sie fuhren weiter, das nächste Dorf war noch zehn Kilometer entfernt.

Nach ungefähr fünf Minuten, die drei kamen gerade an einer Einbuchtung für Autos vorbei, platzte Martha der Reifen und sie geriet ins Schleudern. »Papa, Hilfe!«, rief sie, während sie langsamer wurde und sich gerade noch mit ihrem rechten Bein abstützen könnte. »Um ein Haar wäre sie gefallen, Thom!«, rief Krissi und zu viert fuhren sie an den Rand und stiegen von ihren Rädern ab. »Bist du okay, Liebes?«, fragte er Martha, doch sie stand sichtlich noch unter Schock. »Karl? Bist du auch da? Gut. Martha, lass mal sehen«, forderte sie ihre Tochter auf und schaute sich die Knie und Ellenbogen an. »Du bist nicht verletzt, das ist gut, tut dir was weh? Mensch, Thom, siehst du nicht, dass es endlich genug ist mit deinen Sporttouren? Die kannst du mit deinen Kumpels machen, aber ich wäre dafür, dass wir von hier aus ...«

»... umkehren?«, ergänzte plötzlich eine Stimme von hinten. Martha, Karl und ihre Eltern drehten sich gleichsam um und sahen einen kleingewachsenen älteren Herrn, schätzungsweise Anfang 60, auf sie zukommen. »Ein Platten, hm? Oder ist die Kette wohl rausgesprungen?«

Die vier kamen ins Gespräch und unterhielten sich über ihre Herkunft und ihre Reise. Der Mann schien im anliegenden Dorf zu wohnen und er erzählte, dass er mit seinem großen Jeep unterwegs sei, um die Kühe auf der Weide zu füttern. Hier, in der Einbuchtung, machte er gerade Pause.

»Wenn ihr wollt …«, bot er an, »nehme ich eure Räder bei mir hinten drauf. Ihr seht, das Auto ist groß, der Platz ist da. Ich kann euch mit in mein Dorf nehmen, wir essen Paella und ich repariere das Fahrrad der Kleinen. Und von dort aus könnt ihr dann nach Hause radeln!«

Thom und seine Familie sahen sich an. »Ich habe auch Hunger, Papa!«, rief Karl und seine Mutter musste schon lachen. »Na, ich würde sagen, dass das ein ›Ja‹ war! Gerne nehmen wir die Einladung an!«

Gemeinsam hoben sie die Räder auf den Jeep und fuhren mit dem Mann in Richtung Norden.

***

Im Dorf angekommen holte der Mann seine Ehefrau ab und zu fünft fuhren sie zu einem gemütlichen Restaurant, in dem sie sich in den Außenbereich setzten, der direkt an der Straße gelegen war. Nur selten kam ein Auto vorbei, ab und zu grüßten sie Fußgänger. Es war eine nette Runde und es ergaben sich gute Gespräche, auch Karl und Martha fühlten sich wohl, obwohl sie bei den Gesprächen der Erwachsenen nicht immer mitreden konnten.

Die Paella wurde serviert und alle fünf ließen es sich gut schmecken. Während des Essens verquatschten sich die drei Frauen in ein eigenes Thema, sodass Karl, Thom und der ältere Mann ebenfalls ein eigenes Gespräch führten. Thom erzählte, dass er dem Rest seiner Familie gerne die schöne Straße gezeigt hätte, diese aber nicht sonderlich interessiert daran waren. Der Mann lachte. »Weißt du, Thom ...«, setzte er an, »ein Ort oder eine Gegend sind nur schön, wenn man mit den richtigen Menschen und zur rechten Zeit dort verweilt. Das wirst du vielleicht gemerkt haben. Als du damals mit deinen Freunden hier warst, schien der Augenblick perfekt, ein bisschen wie jetzt gerade. Ich freue mich, dich und deine Familie zum Essen einladen zu dürfen. Aber stell dir vor, du würdest hier im Dorf übernachten und morgens gegen 6 Uhr erneut durch die Gegend schlendern und dieses Restaurant aufsuchen. Der Moment wäre vermutlich nicht mal ansatzweise so schön wie jetzt.«

Das gab Thom zu bedenken. Nach dem Essen fuhren sie noch zum Haus des älteren Mannes und dieser reparierte den geplatzten Reifen von Martha. »Seid ihr sicher, dass ihr von hier aus eigenständig nach Hause fahren wollt?«, fragte er. »Ja, das geht schon – letzte Tour des Urlaubs!«, lachte Krissi.

Und so kam es dann auch; die vier traten radelnd ihre Heimreise an und Thom konnte auf dem Weg über das Gesagte nachdenken. Vermutlich gibt es kein »bestes Programm«, um einen Menschen gesund zu machen. Wenn zwei Menschen mit den gleichen Problemen kommen, sind die Lösungen unterschiedlich, da die Menschen unterschiedliche Voraussetzungen mitbringen. Oft ist die Sicht der Dinge und die individuelle Eigeninitiative ausschlaggebend.

Erkenntnis Nr.3

Viele Wege führen nach Rom.
Der eine fährt mit dem Schnellzug,
der andere geht zu Fuß.

Menschen leben unterschiedlich.
Finde den Weg, der zu dir passt!

Thom kehrt von seiner Reise ins eigene Ich zurück

Den Rest des Urlaubs verbrachte die kleine Familie nicht mehr auf ihren Fahrrädern, sondern im Entspannungsmodus. Nicht nur Krissi und Martha genossen es, ihre Seelen baumeln zu lassen, auch Karl beschäftigte sich mit seinen mitgebrachten Büchern und selbst Thom konnte der Abwechslung etwas abgewinnen. Er wollte die auf dem Fahrrad begonnenen Gedanken fortspinnen und platzierte sich mit einem Blatt Papier auf eine sonnige Liege, auf der er über das Gespräch mit dem älteren Herrn nachdachte.

Wenn es stimmen würde, dass der Behandlungserfolg von den individuellen Gegebenheiten und auch der persönlichen Eigen-initiative abhing, wäre es gut, genau diese Komponenten zu Beginn einer Therapie zu ermitteln. Er ließ den Stift auf dem Papier sausen und entwickelte eine Abfolge an Fragen, die er jedem einzelnen Patienten im Anamnesegespräch stellen wollte.

Nach einer Weile kam Karl auf ihn zu. »Papa, was machst du da?«

Thom fühlte sich zunächst aus seinem Fluss herausgerissen und brummte deswegen nur: »Ich arbeite, mein Freund.« – »Ja, das sehe ich«, sagte er und verzog das Gesicht. »Aber was genau arbeitest du?« – »Ich ... entwickle ein Analysekonzept«, antwortete Thom knapp, hoffend, dass ihn das Thema langweilen würde. »Ein ... was?« – »Ein Analysekonzept«, wiederholte Thom und lachte ihn jetzt herzlich an. »Das mache ich für meine Patienten, damit ich ihnen noch besser helfen kann.«

Auf einmal schien Karl zu begreifen und seine Augen wurden noch größer. Er hakte weiter nach: »Aber du kannst ihnen doch jetzt schon helfen?« – »Ja, schon«, begann Thom seine Antwort, »aber man kann ja immer noch eine Schippe drauflegen. Wenn ich dieses Konzept anwende, kann ich die Patienten noch besser verstehen. Und je besser ich sie verstehe, umso mehr kann ich sie bei der Heilung unterstützen.« – »Hmm. Okay. Und wie heißt das?« – »Wie heißt was?« – »Na, was du da machst.« – »Das Analysekonzept?« Karl nickte. »Das ... hat ... noch keinen Namen ... also, bis jetzt zumindest nicht.« – »Aber du musst da einen Namen für haben!« – »Meinst du?« – »Ja, klar! Alles hat einen Namen!« Thom überlegte. Karl wollte ihm helfen und sagte: »Um was geht es denn?« Thom verstand die Frage nicht gleich: »Wie meinst du, um was es geht? Das habe ich doch eben erklärt.« – »Ja, aber hinter diesen Worten steckt ja eine Bedeutung. Wenn ich dich ›Papa‹ nenne, dann spreche ich ja nicht nur den Namen aus, sondern ... denke eben an dich, an uns, an das, was du gerne machst und so weiter.« Thom dachte kurz nach. »Hmm ...«, setzte er an, »im Prinzip ... geht es darum, dass die Menschen, denen ich helfen möchte, zu sich selbst finden sollen. Eine Reise ins Ich machen, sozu... das ist es! Das ist ein guter Name! Reise ins Ich!« – »Siehst du?«, sagte der kleine Karl stolz und grinste. »Dann kann ich ja jetzt wieder zu meinen Büchern zurückgehen!«

Karl ließ seinen Vater auf der Liege zurück, dieser saß mit offenem Mund da und war baff. Sein Sohn schwang sich mal eben nebenbei zu seinem Berater auf und mit dem Titel »Reise ins Ich« fühlte er sich wohl; genau damit wollte er künftig seinen Patienten begegnen.

***

Die neugeborene »Reise ins Ich« bestand aus zwölf Fragen und wissenschaftlich anerkannten Tests, die neben der körperlichen Ursachenforschung auch die Lebensumstände sowie das Verhalten der Klienten erforschte. Thom wollte von nun an noch gründlicher untersuchen, welchen Rahmenbedingungen sie ausgesetzt waren.

Wieder zu Hause in »Carpe Diem« begann Thom damit, das neu entwickelte System anzuwenden und seine Patienten noch zielgerichteter zu befragen. Wann immer ein Mensch von seinen Symptomen erzählte, fragte Thom nach den Hintergründen und den Umständen, unter denen die Symptome auftraten. Den Patienten gefiel das und Thom konnte wertvolle Erkenntnisse daraus gewinnen und die Menschen noch besser gesund machen.

Mit der Zeit sprachen sich die Ergebnisse von »Carpe Diem« in der Stadt rum und während einer Mittagspause kam seine Helferin zu Thom und erzählte: »Hör mal, heute war in der Post ein Brief, die wollen, dass du zurückrufst!« – »Was denn für ein Brief?« – »Ich habe das nicht zuordnen können, warte, hier ist er!« Die Helferin übergab ihm einen aufgerissenen Umschlag, aus dem Thom den Brief herauszog. »Von der Gesundheitsbehörde ...«, nuschelte er, während er anfing, Zeile für Zeile zu lesen.

Die Gesundheitsbehörde war eine übergeordnete Organisation von Menschen, die im gesamten Umkreis die medizinische Versorgung sicherstellte. Auch um große Firmen kümmerte sie sich; gerade dort, wo es Krankheiten und Verletzungen gab, war sie präsent und sorgte dafür, dass Menschen eine Behandlung bekamen. Thom wurde in diese Behörde eingeladen und sollte dort das Konzept vorstellen, mit dem es ihm gelang, überdurchschnittlich viele Menschen zu heilen. »Das ist ja was ...«, sagte er ins Leere hinein, als er seine Hand mit dem Brief langsam senkte, »die Gesundheitsbehörde möchte, dass wir unsere Dienste großflächig anbieten!« – »Das sind ja tolle Neuigkeiten!«, antwortete seine Helferin. »Für wann ist denn die Einladung?« – »Für in zwei Wochen. Kannst du bitte die Telefonnummer anrufen, die auf dem Brief steht, und denen sagen, dass ich ihrer Einladung gerne folge?«

Zwei Wochen später stand Thom ein bisschen nervös, aber vorfreudig mit einem Block unter dem Arm vor dem Besprechungsraum in der Gesundheitsbehörde, wo ihn Frau Stelter willkommen hieß und in den Raum führte, in dem bereits ein anderer Mann wartete.

***

Thom sprach gerade erst vier Minuten mit Frau Stelter und ihrem Kollegen, als plötzlich eine dritte Person in das Zimmer gestürmt kam. »Hören Sie? Oh, hallo, Entschuldigung, ich wollte nicht stören!« – »Macht nichts«, sagte Frau Stelter, »was gibt es denn?« – »Ich wollte nur vermelden, dass Herr Westerhoff von der Firma Kabelsalat nun seinen Rollstuhl beantragt hat.« – »Was? Wirklich?«, fragte Frau Stelter und ihre Miene verfinsterte sich. »Jap ...«, nickte die Frau und fügte hinzu: »und das, obwohl wir alle dachten, dass er dieses Jahr definitiv wieder eigenständig laufen können müsste!« – »Das erschreckt mich zutiefst. Aber danke für den Bescheid! Wir können uns im Anschluss an unsere Besprechung gerne noch mal genauer darüber unterhalten. Das ist übrigens Thom, ich hatte doch von dem Termin erzählt!« – »Oh, hohe Prominenz! Freut mich!« Thom lächelte und freute sich über das Kompliment. »Was ist denn mit Herrn Westerhoff?«, stieg er ins Gespräch ein. »Er ist vor zwei Monaten gestürzt und eigentlich sah alles ganz gut aus«, erklärte Frau Stelter. »Genau …«, ergänzte die Frau, die ins Zimmer gestürmt war, »er konnte sich erst nicht mehr aufrichten, aber nach ein paar Tagen Physiotherapie ging es so langsam.« – »Zumindest dachten wir das …«, schaltete sich nun der Kollege von Frau Stelter ein, »aber jetzt, in den vergangenen Tagen, verschlechterte sich sein Zustand und … ja, offenbar hat er nun seinen Rollstuhl beantragt.« – »Was ist ihm denn zugestoßen? Eine Lähmung liegt offensichtlich nicht vor?«, erkundigte sich Thom und Frau Stelter antwortete direkt: »Nein, keine Lähmung, es ist wohl nur eine Fraktur, aber derart hartnäckig, dass es mit ihm in den vergangenen Tagen nur abwärts ging.«

Die Runde blickte betroffen drein und Thom überlegte, was er tun könnte. Das Gespräch, zu dem er eigentlich geladen war, war keine drei Minuten geführt worden und er wusste nicht, um was es hier konkret ging, aber er hatte bereits eine Ahnung. Mit einer fast jugendlichen Unbeschwertheit fragte er in die Runde: »Soll ich … Herrn Westerhoff mal kennenlernen? Ich kann nichts versprechen, aber unter Umständen kommt mir der ein oder andere Impuls zu Hilfe!«

Die drei übrigen Menschen schauten sich an und ihre Gesichter erhellten sich. »Thom, das ist eine gute Idee. Würden Sie das tun?« – »Ja, natürlich. Es ist meine Leidenschaft, Menschen zu helfen!« – »Dann sollten wir erstmal das Gespräch hier abschließen und danach könnten Sie Thom ja zu Herrn Westerhoff mitnehmen?«, sagte der Kollege zu der Frau, die noch immer im Türrahmen stand. »Ja, das machen wir so! Ich warte dann draußen!«, antwortete sie und ging wieder zur Tür hinaus. Zurück im Dreiergespräch boten der Mann und Frau Stelter Thom an, dass er, neben seiner Carpe-Diem-Tätigkeit, auch für lokale Firmen arbeiten könnte. Es gebe immer wieder Zwischenfälle – und erkrankte Mitarbeiter – und es sei wichtig, dass sich diese gut aufgehoben fühlten und einen Ansprechpartner hätten, den sie anrufen könnten. Thom wollte genau wissen, um welche Leiden es sich handelte und notierte sich alles auf einem Zettel. ›Vornehmlich Bürotätigkeiten‹ und ›leichte körperliche Arbeiten‹ schrieb er. »Es ist also weniger der gebrochene Fuß?«, fragte er nach, und der Mann antwortete daraufhin: »Genau, denn dort ist ja dann meist klar, was zu tun ist. Sie würden vielmehr zum Einsatz kommen, wenn ...« – »... der Fuß nach acht bis zehn Wochen nicht vollständig verheilt ist«, ergänzte Frau Stelter. Aber solche Fälle seien die Ausnahme – vielmehr ginge es um Kopfschmerzen, Bauchschmerzen, Brustschmerzen – eben jene Beschwerden, die als Zivilisationskrankheiten gelten und die auf keine direkte Ursache zurückzuführen sind.

»Alles klar«, sagte Thom, als sie nach weiteren 20 Minuten fertig waren. »Das würde ich mir dann gerne noch mal durch den Kopf gehen lassen und mit weiteren Fragen komme ich dann erneut auf euch zu?« – »So machen wir es!«, sagte der Mann im Aufstehen und streckte seine Hand zur Verabschiedung aus. »Das geht per E-Mail auch noch mal in Kopie raus. Die E-Mail-Adresse haben wir von der Homepage.«

Thom hatte noch eine Frage: »Jetzt, wo wir das Geschäftliche geregelt haben – wo finde ich das Zimmer von Herrn Westermann und in welchem Krankenhaus befindet er sich derzeit?«

»Westerhoff, nicht Westermann!«, korrigierte Frau Stelter und lachte. »Das ist aber aufmerksam von Ihnen! Ich muss gestehen, mein Tag war so voll, ich hätte das jetzt fast wieder vergessen. Draußen im Foyer ist unsere Assistentin, mit der Sie alles Weitere besprechen können!«

Die drei verabschiedeten sich voneinander und Thom ging mit einem guten Gefühl ins Foyer, in dem bereits die Assistentin wartete. Frau Stelter blieb mit dem Mann zurück im Besprechungsraum. Als Thom die Tür hinter sich schloss, sagte sie zu ihm: »Und, was ist dein Gefühl mit ihm?« Er zögerte. »Ich weiß nicht. Wunderheiler? Meinst du, er ist das Geld wert?« – »Das weiß ich nicht. Aber die Erfahrungsberichte seiner Patienten sind eindeutig. Sie schwärmen regelrecht von ihm. Wenn er auch nur mit dem Placebo-Effekt arbeitet – wer heilt, hat recht. Und ich bin gespannt, es wenigstens zu versuchen, auch wenn ich ebenfalls nicht ganz überzeugt bin. Der Vertrag, den wir gerade mit ihm durchgegangen sind, ist hochdotiert. Was sich unsere Leitung da wohl bei gedacht hat?«

Die beiden schauten sich sorgenvoll an, während sie ihre Taschen zusammenpackten. Ganz überzeugt schienen sie nicht – aber sie wollten es mit ihm versuchen.

***

Herr Westerhoff saß in seinem Rollstuhl und aß gerade ein Stück Kuchen, als Thom an die Tür seines Krankenhauszimmers klopfte und eintrat. »Sie müssen Herr Westerhoff sein?«, sagte er lächelnd und reichte ihm die Hand. »Ja, ich ... wer sind Sie denn?«, fragte er sichtlich überrascht. »Tut mir leid, dass ich Sie beim Nachtisch störe, aber mein Terminplan ist eng getaktet. Mir wurde gesagt, Sie wären vor ein paar Wochen gestürzt und hätten sich seitdem nicht wirklich berappelt.« – »Das ist wahr,

ja. Sind Sie Physiotherapeut?« – »Auch, ja. Ich bin Inhaber eines
Gesundheitshauses hier in der Stadt, vielleicht haben Sie schon
mal von mir gehört?«

Herr Westerhoff legte seine Gabel nieder und putzte seine
Mundwinkel mit der in seinem Hemd eingehängten Serviette
ab. »Ach ... was Sie nicht sagen, Sie sind ...« – »Ja, ich bin Thom
und leite das ›Carpe Diem‹!«, ergänzte er strahlend. »Gewiss
habe ich von Ihnen gehört. Einige meiner Bekannten haben Sie
aufgesucht und hinterher von Ihnen geschwärmt. Wie wird mir
denn die Ehre zuteil, dass Sie mich aufsuchen? Ich habe sie doch
gar nicht gebucht!«

Thom nahm sich einen Stuhl, setzte sich neben ihn und grinste
breit: »Das stimmt, Herr Westerhoff. Aber Ihr Unfall ereignete
sich auf der Arbeit und wird deshalb als Betriebsunfall eingestuft.
Ich bin gerade frisch eine Kooperation mit der Gesundheitsbehörde eingegangen und es ergab sich, dass ich Sie in Ihrem
Zimmer besuche und mir Ihre Wunde mal anschaue. Natürlich nur, wenn Sie möchten – und wenn der Käsekuchen noch
warten kann!«

Die beiden lächelten sich beide verschmitzt an, während sich
Herr Westerhoff in seinem Rollstuhl zurückrollte, um seine
Hüfte freizulegen. »Aber sicher doch, wie könnte ich diesem
hohen Besuch einen Blick verwehren? Eine ›Wunde‹ ist es
nicht wirklich, man sieht dort nichts. Von außen könnte man
meinen, ich sei kerngesund – aber ich schaffe es einfach nicht,
aufzustehen und all das zu tun, was eigentlich selbstverständlich
gewesen ist.«

Thom untersuchte Herrn Westerhoff für ungefähr fünfzehn Minuten und stellte ihm auch einige der zwölf Fragen, die er für die »Reise ins Ich« festgelegt hatte. Herr Westerhoff war sehr zugänglich und kooperativ, bis Thom eine bestimmte Frage stellte.

»Wie halten Sie es denn mit den Übungen? Trainieren Sie jeden Tag ein bisschen?«

Herr Westerhoff wirkte peinlich berührt und schaute zu Boden. Thom merkte das und setzte weiter an. »Ihre Reaktion könnte darauf hindeuten, dass Ihnen diese Frage unangenehm ist. Was liegt Ihnen auf dem Herzen?« – und dann legte Herr Westerhoff los und erzählte Thom ganze fünf Minuten lang von einem Erlebnis, das er vor zehn Jahren hatte, als er ebenfalls gestürzt war. Damals lag er auch in einem Krankenhaus und wurde von einem Physiotherapeuten dazu gedrängt, die Übungen zu machen, die für ihn vorgesehen waren – obwohl diese ihm immer mehr Schmerzen zufügten, statt ihn zu heilen!

»Wissen Sie, jeden Tag näherte sich die furchtbare 15-Uhr-Grenze. Und meine Verletzung damals war schlimmer als heute, ich war bettlägerig und konnte mich kaum bewegen. Aber das war mir mehr recht, als um 15 Uhr diesem komischen Typen wieder begegnen zu müssen. Manchmal sagte ich auch den Schwestern Bescheid, dass sie den Termin absagen sollten, weil ich Angst hatte, dass er mich wieder triezen würde.«

Herr Westerhoff, so erzählte er es, sollte damals täglich eine halbe Stunde das Aufstehen üben, doch die Übungen führten dazu, dass sich die Schmerzen verstärkten; und auch sonst waren die Aufgaben nicht aufeinander abgestimmt. »Es kam so rüber, als würde der Therapeut einfach nur lustlos sein Programm abspulen, ohne mir wirklich zuzuhören. Am Ende war ich wie traumatisiert und es fühlte sich beinahe so an, als sei die Therapie schlimmer als der Sturz!«

Thom hörte empathisch zu und versprach, eine Lösung auszuarbeiten. Ein neues Programm, das er unbedingt ausprobieren sollte, noch bevor er sich für den Rollstuhl entscheiden würde. »Den Stuhl ...«, sagte Thom, »können wir gerne als Notfalllösung im Hinterkopf behalten. Sie sind 65, wenn ich das richtig gelesen habe, da ist es keine Schande, einen Rollstuhl im Keller stehen zu haben, den Sie bei Bedarf einsetzen, an schlechten Tagen sozusagen. Aber lassen Sie uns vorher etwas anderes ausprobieren.«

Zwei Tage später kam Thom wieder vorbei. In seiner Praxis hatte er, nachdem er das ausführliche Beschwerdebild von Herrn Westerhoff aufgenommen und mitgeschrieben hatte, ein Programm entwickelt, das exakt an die Lebensumstände seines Patienten angepasst war, zunächst im Krankenhaus und dann auch später zu Hause. Als er zwei Tage später wieder ins Zimmer kam, war Herr Westerhoff froh, ihn zu sehen. »Thom, ich freue mich, dass Sie wiedergekommen sind. Früher hatte ich Angst, wenn ich an den Therapeutentermin gedacht habe; bei Ihnen fühlt sich alles leicht an und ich bin optimistisch, was meinen Heilungsverlauf betrifft!«

»Nicht zu früh freuen ...«, mahnte ihn Thom, »ich bin kein Wunderheiler; habe Ihnen aber einen Plan mitgebracht, der bei Einhaltung und regelmäßiger Ausführung dabei helfen kann, Ihr Skelett zu stabilisieren und Ihre Muskeln den täglichen Herausforderungen anzupassen. Wenn Sie jeden Tag ein bisschen trainieren, bin ich mir fast sicher, dass Sie bald wieder in den Betrieb können.« – »Ohne Rollstuhl?«, fragte Herr Westerhoff vorsichtig. »Ja, ohne Rollstuhl. Auf ihren eigenen Beinen – nur dieses Mal achtsam!«, antwortete Thom und lachte.

***

Es vergingen drei Wochen, da meldete sich das Krankenhaus, in dem Herr Westerhoff lag, bei Thom im »Carpe Diem«. Zunächst hob seine Helferin ab und stellte den Anruf durch. »Ja, hallo, Thom hier?« – und es sprudelte nur so aus der Dame am anderen Ende raus. Sie war die Krankenschwester, die für Herrn Westerhoff zuständig war. »Er hat in den letzten vier Tagen solch eklatante Fortschritte gemacht, dass wir den Rollstuhl tatsächlich wieder abbestellt haben. Dem Mann würde ich nahezu das Erklimmen des Mount Everest zutrauen, so agil wirkt er plötzlich!«, sie lachte kurz. »Die ersten zwei Wochen waren sehr zäh und ich fragte mich, welcher Floh ihm da wohl ins Ohr gesetzt wurde ... aber mit der Zeit wurden die Ergebnisse immer besser und in den letzten vier Tagen ist er eigenständig fast einen halben Kilometer im Haus gelaufen, ohne dass wir ihn stützen mussten – einfach phantastisch!« – »Das kann ich ja kaum glauben! Hervorragend. Wobei ... gehofft habe ich es, und aus meiner Erfahrung kann ich den Heilungsverlauf gut abschätzen ... aber dass es bereits nach drei Wochen so aussieht, hätte ich nicht gedacht!«

Eine bessere Werbung konnte Thom nicht für sich machen. Die Gesundheitsbehörde bot Thom einen Vertrag an und fortan durfte er offiziell nicht nur die Patienten seines eigenen Gesundheitshauses behandeln, sondern auch die, die ihm durch die Gesundheitsbehörde zugespielt wurden. So viel Verantwortung auf einmal – und dank seiner ›Reise ins Ich‹ hatte er das Gefühl, binnen weniger Minuten bei fast jedem Patienten die richtigen Knöpfe drücken zu können ...

***

Weitere zehn Wochen später stand um 12 Uhr mittags plötzlich Frau Stelter auf der Matte im »Carpe Diem« und wurde von Thoms Helferin in Empfang genommen. Thom trat in dieser Sekunde aus seinem Behandlungszimmer heraus und erblickte sie überrascht: »Was machen Sie denn hier? Hoffentlich nicht umgeknickt beim Treppensteigen?« – »Nein, ich bin gesund ...«, lachte Frau Stelter, »ich wollte fragen, ob Sie Lust haben, gemeinsam mit mir Mittagessen zu gehen? Ich habe Neuigkeiten!«

Thom willigte ein und musste nur noch schnell zwei Dokumente in seinem Büro ausfüllen. Eine halbe Stunde später saßen die beiden beim Italiener. »Lecker, mit den Cherry-Tomaten, gehen Sie hier häufiger hin?«, fragte Frau Stelter. Thom verneinte und sagte, dass er bei so vielen Patienten nicht die Zeit dafür hätte, jeden Tag mittags essen zu gehen. »Nur bei wichtigen Geschäftsessen«, lächelte er. Was führt Sie zu mir?«

»Ich muss Ihnen was gestehen«, sagte Frau Stelter und schluckte. Thom bekam ein komisches Gefühl in der Magengrube. War etwas passiert? Hatten sich Patienten beschwert, hatte er Termine vergessen? Würde der Vertrag mit der Gesundheitsbehörde gekündigt werden müssen?

»Jetzt verziehen Sie doch nicht so das Gesicht«, sagte Frau Stelter und grinste ihn an. »Ich überbringe keine Hiobsbotschaft. Im Gegenteil; wir sind sehr zufrieden mit Ihrer Arbeit.«

»Und was müssen Sie mir dann gestehen?«, fragte Thom.

»Anfangs waren mein Kollege und ich skeptisch. Wir hatten all die guten Berichte über Sie gehört und ... es klang zu schön, um wahr zu sein! Wir dachten, es würde einen Haken geben, den wir übersehen. Dass Sie vielleicht nicht mehr so leistungsfähig wären, wenn Sie das Doppelte oder Dreifache an Patienten betreuen oder dass sonst irgendwas dazwischen kommen könnte, was dazu führen würde, dass wir nicht so zufrieden sind, wie wir uns das erhofft haben.«

»Und? Wie mache ich mich?«, fragte Thom schnippisch, während er ein Salatblatt aufspießte.

»Wie gesagt – im Gegenteil, es ist alles in bester Ordnung. Wir sind überrascht und überwältigt zugleich. Unser Ruf hat sich enorm verbessert. Vorher waren wir eine graue Behörde, bei der die Menschen nicht gerne anriefen. Und heute? Steht das Telefon fast nicht mehr still!« – »Meine Helferin sagt mir immer Anfang der Woche, dass wir ungefähr 14 neue Termine haben, von Ihnen aus!« – »Ja, und diese 15 Termine sind schon enorm gefiltert. Wir erhalten teilweise 30–40 Anfragen am Tag!«

Thom ließ fast seine Gabel fallen. »40 Anfragen am Tag? So viele Firmen gibt es doch nicht mal in unserer Stadt!« – »Ja, das habe ich auch gedacht, als mir die Telefonabteilung diese Zahlen zugespielt hat. Aber Ihre Leistung, Thom, spricht sich rum. Und teilweise möchten die Menschen mit den kleinsten Beschwerden direkt von Ihnen behandelt werden!«

Das machte Thom froh und stolz, aber zugleich erschreckte es ihn, denn das bedeutete, dass sich jede Woche immer mehr Menschen nicht gesund fühlten.

»Na, ich freue mich über diese Rückmeldung sehr, Frau Stelter. Ich darf daraus entnehmen, dass Sie mit mir zufrieden sind und auch mit den Behandlungsergebnissen, die ich generiere?« – »Offen gestanden war mir schon klar, dass wir einen Glücksgriff getan haben, als ich hörte, wie schnell sich Herr Westerhoff wieder erholt hatte. Allein das war phänomenal! Wir haben ihn schon im Rollstuhl und arbeitsunfähig gesehen – und da kommen Sie, schnipsen einmal mit den Fingern und machen ihn wieder gesund!« – »Ganz so einfach geht es nicht ...«, grinste Thom, »aber ja, ich verstehe, dass es so wirken muss. Aber das ist doch toll!«

»Aber sicher ist das toll!«, lächelte Frau Stelter und nippte kurz an ihrem Wasserglas. »So toll, dass sich vor ein paar Tagen die örtlich ansitzende Krankenkasse bei uns gemeldet hat.«

»Ach, die Herberger?«

»Ja, genau die! Hatten Sie schon Kontakt?«

»Nein, aber viele meiner Patienten sind dort versichert. Die haben sich gemeldet?«

»Ja, und ... sie sind ebenfalls begeistert von dem, was sie so über Sie hören! Genau genommen wollen die, dass Sie für sie arbeiten, als Berater und Verantwortlicher für Vorsorgeuntersuchungen, sogenannte Check-ups.«

Frau Stelter führte dann aus, was auf Thom zukommen würde. Er würde sowohl im Management tätig sein als auch operativ, also direkt mit den Patienten. Im Prinzip das Gleiche wie im »Carpe Diem« und für die Gesundheitsbehörde, aber für einen weiteren Kundenstamm und in einem leicht anderen Gewand. »Könnten Sie sich das vorstellen?«

Für Thom war dieser Moment herausragend. Manchmal, so dachte er, müssen Tatsachen aus einer neuen Perspektive heraus betrachtet werden, um zu neuen Erkenntnissen zu kommen. Und sobald es den Erfolgsweg einmal gibt, flattern die Aufträge nur so herein und überwältigen den Therapeuten förmlich.

An einem Nachmittag, es war Freitag, wirkte Thom erschöpft und sagte seiner Helferin, dass sie nur noch die Hälfte der Abrechnungen der Woche machen brauche und dann vorzeitig in den Feierabend verschwinden könnte. »Du machst immer so gute Arbeit, da ist es okay, wenn du heute mal etwas früher gehst.« – »Es ist aber auch in Ordnung, wenn ich das jetzt noch eben zu Ende mache, dann liegt es mir Montag nicht mehr auf dem Schreibtisch; im Gegenteil, am Montag kommen ja wieder neue Patienten, die wir aufnehmen und abrechnen müssen.« – »Das stimmt auch wieder. Na gut. Aber beeil' dich, ich möchte noch eine Schorle draußen mit dir trinken, ehe du gehst!«

Eine halbe Stunde später kam seine Helferin mit zwei Schorlen in der Hand nach draußen vors Haus und setzte sich zu Thom auf die Bank. »Das ist wirklich turbulent ...«, leitete sie das Gespräch ein, »die letzten Wochen war viel los, du wirst immer besser!« – »Danke«, antwortete Thom, »ich bin auch etwas kaputt, das Wochenende habe ich mir redlich verdient!« Er nahm einen tiefen Schluck aus seiner Schorlenflasche. »Wie kam es denn, dass wir einen derartigen Zulauf erfahren? Wir haben da nie drüber geredet.« – »Hm, das ist eine gute Frage. Ich habe in den vergangenen Wochen durch meine Termine in den Firmen festgestellt, dass viele Menschen oft immer das Gleiche machen müssen, also in ihrer Tätigkeit wenig Vielfalt erfahren. Sie können sich oft kaum bewegen, müssen sich aber sehr konzentrieren. Manchmal standen oder saßen diese Leute den ganzen Tag schief und ihr Rücken wurde zusehends runder. Und am Ende klagten viele von ihnen über Kopfweh oder ähnliche Schmerzen.« – »Die klassische Büroarbeit?«, hakte seine Helferin nach. »Ja, so in etwa, genau. Wenn die Menschen immer das Gleiche machen, dann ... könnte doch darin eine Ursache für die immer wieder auftretenden Beschwerden liegen. Folglich habe ich meine Fragen, die Reise ins Ich, ich hatte dir von ihr erzählt, oder?« – die Helferin nickte eifrig. »Ja, also

dieses Konzept habe ich noch ein wenig erweitert und fein-
geschliffen und mittels dieser Fragen kann ich jetzt nicht nur
auf die körperlichen Baustellen meiner Patienten zugreifen,
sondern auch auf das, was sie im Alltag und im Beruf so machen
... das ist innovativ, da es mich in der Regel nicht länger als fünf
Minuten kostet und ich anhand dieser Analyse präzise wie ein
Schweizer Uhrwerk voraussagen kann, in welche Richtung die
Therapie gehen muss.«

»Hui!«, sagte die Helferin beeindruckt. »Das sind ja wirklich
neue Dimensionen, die wir uns hier eröffnen. Gefällt mir!« –
»Danke! Wir beide sind wirklich ein tolles Team und das ist allen
voran dir zu verdanken. Du hältst mir wunderbar den Rücken
frei und kümmerst dich um die ganzen Bürosachen. Ohne dich
wäre ich aufgeschmissen!« Er lächelte und prostete ihr zu. Und
fühlte sich an den Abend mit Matteo erinnert, mit dem Unterschied, dass er nun derjenige war, der sich einen Platz in der
Welt zu erarbeiten schien ...

Erkenntnis Nr.4

Manchmal muss man seine Sichtweise
aus einer anderen Perspektive betrachten,
um neue Erkenntnisse zu erlangen.

Was ist dein Ziel?
Inwiefern soll sich
dein Leben verändern?

Thom verliert sein Lächeln

Die Arbeit wurde zunehmend mehr und Thom merkte, dass er das Arbeitsvolumen seiner neu akzeptierten Tätigkeiten unterschätzt hatte. Alleine konnte er die Anfragen und Termine nicht mehr bewältigen, er brauchte Unterstützung und nahm sich vor, ein Gesundheitsplaner-Team aufzubauen, das genau nach seinem Behandlungskonzept analysieren sollte.

Er begann sein Vorgehen zu digitalisieren und nutzte zunächst einfache Mittel wie Excel. Geeignete Kollegen waren schnell gefunden, sodass er schon bald auf eine kleine Truppe zurückgreifen konnte, die ihm ermöglichte, mit seinem Beratungskonzept weiterhin gebucht zu werden – sogar überregional, also aus seiner Stadt heraus!

So waren zum Beispiel die immer gleichen Bewegungsabläufe ein Problem, allen voran in den Firmen, in denen viel an Schreibtischen gearbeitet wurde. Viele Mitarbeiter saßen den ganzen Tag an ihrem Schreibtisch und guckten in die Bildschirme ihrer Laptops. Die einzige Bewegung war der Gang zum Papierkorb oder in die Kaffeeküche, selbst nach Feierabend setzten sich die meisten in ihr Auto, statt aufs agilere Fahrrad. »Ganz übel ...«, kommentierte Thom, als er einmal bei einem großen Telekom- munikationsunternehmen zu Gast war. Mit nur wenigen Ange- stellten sprach er, aber das reichte, um den Eindruck zu erhalten, dass ein großer Teil der Belegschaft falsch vor ihren Computern saß. »Der Rücken ...«, setzte Thom in seiner Erklärung mit dem Abteilungsleiter an. »Wenn das so weitergeht, haben die alle in fünf bis zehn Jahren ihren Rücken kaputt. Dann sind die hier nicht mehr zu gebrauchen und vermutlich auch nicht woan- ders.«

Der Abteilungsleiter war skeptisch, aber auch offen. »Was tun die Leute denn so Schlimmes hier mit ihrem Rücken?«, fragte er.

»Sie starren auf den kleinen Monitor, der sich nur knapp über ihrer Schoßhöhe befindet. Es gibt für die Rückengesundheit im Bereich des Nackens und der Wirbelsäule kaum etwas Schäd- licheres, vor allem, wenn das auf diese Weise sieben oder acht Stunden am Stück passiert.« – »Und was können wir dagegen tun?« Dem Abteilungsleiter schien einzuleuchten, dass die Körperhaltung einer Rückengesundheit nicht zuträglich war; er selbst fühlte sich abends hin und wieder verspannt, hat es aber immer auf das frühe Aufstehen geschoben. Thom antwortete: »Nun ... ungefähr ... naja ... 25.000 Euro bezahlen!« – »Wie bitte?« – »Nicht an mich ...«, reagierte Thom grinsend, »ich meine damit, dass die ganze Abteilung mit Stehschreibtischen ausgestattet werden müsste.«

Der Abteilungsleiter blickte in den großen Raum und nickte bloß leicht. »Und für 25.000 Euro kann man das realisieren?« – »Kommt natürlich auf die Qualität an und darauf, was Sie tatsächlich brauchen.«, sagte Thom. »Ich habe jetzt gerade nur mal überschlagen. Ungefähr 500 Euro pro Mitarbeiterplatz können Sie rechnen, wenn Sie da mengenmäßig gut was zusammengestellt bekommen.«

Das Gespräch lief noch eine Weile so weiter und Thom fuhr abends hochzufrieden nach Hause. Genauso hatte er sich sein Leben vorgestellt; er würde Firmen besuchen und dort im großen Stil an den Gegebenheiten drehen, die dazu führen, dass mehr Menschen gesund werden oder es bleiben.

Nur leider wurde Thom immer mehr in die Realität geholt. Der Fortschritt erwies sich zunehmend schwieriger als Schwierigkeit. Nach außen hin konnte er sagen, dass er Menschen in Firmen gesund machte – aber die Wahrheit war, dass es für die Krankenkassen völlig ausreichte, wenn er sogenannte »Aufklärungs-Screenings« mitbrachte. Laut Gesetzgebung war damit seine Aufgabe als Gesundheitsplaner erfüllt; er musste sich also nicht mit den Menschen, den Geschichten und den Gegebenheiten befassen, sondern sollte im Hauruck-Verfahren Daten erheben.

Den körperlichen Ergebnissen erwies er damit einen Bärendienst, denn durch die pure Aufklärung änderte sich nicht das Gesundheitsmanagement. Der geeignete Weg wäre gewesen, die Menschen einzeln an die Hand zu nehmen und sie zu ihrer Lösung zu führen.

Broschüren in Hochglanz reichen nicht aus – Thom zerbrach sich abermals seinen Kopf, um einen Ausweg aus dieser Situation zu finden.

***

Ebenfalls war es seine Freundin Ariane, die ihm Sorgen bereitete. Der Termin, bei dem sie beide aufs Dach gestiegen waren, lag einige Wochen zurück und sie sollte zur Nachbesprechung erscheinen. Pünktlich um 16 Uhr war sie da und legte beim Eintreten eine düstere Miene auf. »... die Schmerzen, die beim Arbeiten entstanden waren, sind tatsächlich zurückgegangen, was daran liegt, dass ich die Übungen mache, die du mir gezeigt hast.« – »Gut ...«, lobte Thom, »und weiter?«

Ariane erzählte, dass sie immer noch Probleme mit ihrem Gewicht hätte. »Ich habe zwar kurz etwas abgenommen, daraufhin aber wieder zugelegt. Ich habe einfach keine Zeit, das Essen gesund zuzubereiten. Mein Sohn kommt nachmittags aus der Schule und wir treffen ungefähr zeitgleich ein, wenn ich von der Arbeit komme. Er ist hungrig, und offen gestanden, ich bin es auch. Da bleibt einfach kein Raum mehr dafür, eine große Koch-Session einzuleiten.«

»Okay.«

Thom schaute Ariane abwechselnd an und notierte sich etwas auf seinem Zettel. Auch dann, wenn er wusste, dass er diese Notizen später in den Computer übertragen wird und es eigentlich sinnlos war, erstmal alles per Hand aufzuschreiben, tat er dies, weil er Ariane damit Wertschätzung entgegenbringen wollte – Teil des neuen Analysekonzepts. Durch das eigenständige Aufschreiben per Hand bekommt der Patient das Gefühl, der Therapeut steckt Energie in sein Anliegen.

»Und was genau esst ihr dann, wenn ihr beide nach Hause kommt?«

Ariane war es unangenehm, davon zu erzählen. Aber Thom ermutigte sie und sagte, er müsse genau verstehen, wie sie die Dinge sah und wie sie ihr Leben lebte, damit irgendeine Veränderung eintreten konnte.

»Oft mache ich Nudeln mit einer Fertigsoße oder ein Zwei-Minuten-Schnitzel in der Pfanne, das ich abgepackt eingekauft habe. Mein Sohn liebt auch diese asiatischen Gerichte, die man nur aufwärmen braucht, Nasi Goreng und sowas.«

Thom grinste warmherzig. »Das ist ja auch lecker. Und günstig. Und schnell in der Zubereitung.«

»Ja, genau!«, rief Ariane, und Thom sagte daraufhin: »Das Problem ist nur, dass bei allen diesen Gerichten die Zutaten schon derart vorgekocht sind – denn anderenfalls dürften sie nicht verkauft werden – dass die wertvollen Nährstoffe passé sind. Du isst also im Prinzip totes Essen ... das gerade so dazu geeignet ist, dich einigermaßen satt zu machen, aber nicht vollumfänglich zu ernähren.«

»Das weiß ich alles ...«, stöhnte Ariane, »aber ich habe nun mal keine Zeit, um 18 Uhr abends noch mal aufwendig den Kochlöffel zu schwingen.«

Dann stand Thom abrupt auf: »Weißt du was? Zieh dir deine Schuhe an!« und ging voraus. Ariane, die sich ihre Schuhe gar nicht erst ausgezogen hatte, folgte ihm brav nach draußen und in den Vorraum. Die Assistentin grinste wieder und unkte: »Na ihr beiden? Heut wieder ein Rendezvous auf dem Dach?« – »Die Aussicht ist da so schön!«, lachte Thom im Vorbeigehen und gemeinsam stieg er mit Ariane hinauf. Thom bemerkte, dass Ariane wesentlich leichtfüßiger unterwegs war. Oben angekommen, sprach er das an. »Ja ...«, bestätigte Ariane ihm, »durch die Übungen, die du mir gezeigt hast und die ich jeden Tag mache, und eben auch durch die korrigierte Haltung beim Arbeiten konnte ich ...« – »... erwirken, dass du dich prächtig bewegst. Prima, da bin ich wirklich sehr stolz auf dich!«

Ariane lächelte. »Ganz schön kühl hier oben, letztens schien noch die Sonne. Was möchtest du mir heute hier zeigen?«

Thom blickte nur kurz nach unten und anschließend in die Ferne. »Siehst du? All die Felder, das ist Landwirtschaftsgebiet. Und weiter hinten, da, das ist die angrenzende Stadt. Und ...« – Thom drehte seinen Körper um neunzig Grad nach rechts – »noch weiter hinten ist eine weitere, angrenzende Stadt. Siehst du?«

Ariane stellte sich nun direkt neben Thom und blickte ebenfalls in die Ferne. »So genau hab' ich das noch nie betrachtet, schon interessant«, sagte sie. »Man hat hier oben einen viel besseren Überblick über die Ortschaften!«

»Bingo!«, rief Thom und stupste Ariane an. »Genau darauf wollte ich hinaus!« Ariane verstand noch nicht, was Thom meinte. Er erklärte: »Wäre schön, so eine Übersicht auch über das eigene Leben zu haben, hm?« – »Oh ja, das würde vieles erleichtern!«, nickte auch Ariane. »Eben. Und was glaubst du, welchen Einfluss hätte so eine Übersicht auf dein Leben?«

Ariane musste kurz nachdenken. Sie kniff die Augen erneut zusammen. »Du meinst ... wenn ich all die Dinge, die ich mache und machen möchte, geordnet hätte?« – »Zum Beispiel«, sagte Thom, »in so eine Aufstellung könntest du alles Mögliche hineinfassen. Deine Termine, deine Hobbys, deine Arbeit, deine Pflichten ...« – »... ein ganzes Archiv nur über mich, das ich mit einem Blick erfassen könnte.« – »Ja, ganz genau.«

Die beiden schwiegen. Ariane dachte kurz nach. »Müsste ich mir mal zulegen«, murmelte sie. Thom spürte, dass sie noch nicht ganz überzeugt war. »Begeistert klingst du nicht!«, forderte er sie heraus. »Ich weiß halt noch nicht, wozu das gut sein soll.

Ich bin zufrieden damit, wie es läuft. Mein Sohn ist gut in der Schule, für ihn ist gesorgt. Es geht halt einfach um mein Ernährungsproblem.«

»Wir sind uns also einig darüber, dass du ein Ernährungsproblem hast?«, wiederholte Thom die Worte von Ariane. »Ja, sicher, sonst wäre ich nicht weiterhin bei dir ... oder mit dir hier auf dem Dach.«

»Okay. Und ... könntest du das Problem näher beschreiben? Was ist da genau los, bei dir und deiner Ernährung?«

»Wie gesagt ... wenn ich abends von der Arbeit nach Hause komme, habe ich nicht die Zeit ...«

»Du hast nicht die Zeit?«, wandte Thom ein. »Nein ...«, antwortete Ariane, »ich bin um sechs Uhr geschafft und mein Sohn ist hungrig.« – »Wie lange würde es denn dauern, etwas Frisches und Gesundes zuzubereiten?« – »Wie meinst du das? Was denn zum Beispiel?« – »Och, da gibt es viele Möglichkeiten. Mir geht es nicht um konkrete Gerichte, sondern um die dahinterliegende Geisteshaltung. Also, was glaubst du, würde dich ein gesundes Essen an Zeit kosten?« – Ariane dachte nach und fragte: »Na, erstmal müsste ich einkaufen ... zählst du das mit dazu?« – »Einkaufen musst du sowieso, auch dann, wenn du Fertiggerichte zubereitest, die musst du ja auch erstmal einkaufen. Also das lasse ich nicht gelten.« – »Na gut. Mensch, du bist wirklich hart zu mir.« Ariane schaute in die Ferne. Die beiden schwiegen wieder für ungefähr eine Minute. »Ich denke, ich würde so eine Viertelstunde benötigen.« – »Okay ...«, antwortete Thom zufrieden, »und wie lange brauchst du momentan, um für euch beide etwas weniger Gesundes aufzuwärmen?« – »Auch nicht viel weniger. Zehn Minuten oder so. Ich hab' noch nie eine Stoppuhr mitlaufen lassen ...«

Ariane fühlte sich in die Ecke gedrängt. Aber genau dieser Effekt führte dazu, dass sie weiter nachdachte und ihrem Ärger freien Lauf ließ: »Vielleicht sind es auch elf oder zwölf. Oder auch nur acht oder sieben, ich weiß es nicht. Aber ja, ich hab' schon verstanden, welches Spiel hier gespielt wird.«

Thom schaute verdutzt, Arianes Temperament überraschte ihn. »Ich sehe ein, dass ich einem Faultier gleiche, das ...« – »Hey!«, unterbrach Thom sie mit lauter Stimme. »Diese Sprache führt uns nirgendwo hin. Es geht nicht um Faulheit bei diesem Thema, sondern um Gewohnheiten und Prioritätensetzung. Und manchmal einfach nur darum, welche Sachen man weiß und welche nicht. Vielen Menschen ist nicht klar, dass gesundes und nährstoffreiches Kochen nicht verlangt, zwei Stunden in der Küche zu stehen. Das ist nichts, wofür man sich schämen müsste und hat auch nichts mit Faulheit zu tun. Faul wäre, wenn du überhaupt nichts selbst kochen würdest. Aber du machst ja was. Es geht nur darum, das ›was‹ oder ›wie‹ zu verändern, nicht das ›ob‹.« – »Verstehe«, sagte Ariane erleichtert, aber weiterhin in die Ferne blickend. »Was hat es nun mit dem Plan auf sich?«

»Nun, wir sehen, wie gut hier alles geordnet ist ...«, sagte Thom und deutete erneut auf die weitläufigen Felder und das Dorf, das am Horizont zu erkennen war.

»... alles hat seinen Platz und wir können die Richtung bestimmen, die wir einschlagen müssten, um in einem Dorf anzukommen. So eine ähnliche Situation wünsche ich mich für dich, Ariane. Eine Übersicht, einen Plan, auf den du dich verlassen kannst. Wie eine Wanderkarte, die du immer wieder zücken und gebrauchen kannst, wenn du dich plötzlich verirrt hast.«

Ariane mochte den Vorschlag. »Wenn ich nach Hause komme, habe ich das Gefühl, dass automatisch ein Programm abgespult wird. Ich möchte meinen Sohn glücklich machen; zufrieden und satt soll er sein. Meine Belange kommen da eher zu kurz. Vermutlich darf ich mich mehr auf mich konzentrieren und darauf, dass ich mich wunderbar fühle.«

»Ja, und weißt du, Ariane ...«, setzte Thom abschließend an, »wenn du dich selbst wunderbar fühlst, kannst du auch wunderbar für andere sein, wie etwa für deinen Sohn. Der hat nämlich viel weniger von dir, wenn du dich für ihn bloß ›aufopferst‹. Er möchte eine Mutti, die glücklich ist und mit Elan durchs Leben schwebt.«

Ariane hatte glasige Augen. Sie war kurz davor, eine Träne zu unterdrücken und erklärte dann Thom: »Ich möchte für meinen Sohn die beste Mutter sein, die er haben kann. Und das weiß er auch, ich hoffe, er spürt das. Ich ...« – »Aber Ariane ...«, sagte Thom und nahm sie wieder in seinen Arm, »das weiß ich doch. Und er wird das genauso wissen. Das mit dem Essen ist ja jetzt kein Weltuntergang. Es ist gut, dass wir beide uns gefunden haben und dass ich dir eine neue Richtung aufzeigen kann. Im Leben geht es nie darum, das Vergangene verändern zu wollen, sondern positiv in die Zukunft zu blicken!«

Ariane schaute Thom an, wischte die Träne weg und drückte sich an ihn. Dann stiegen die beiden runter vom Dach und gingen zurück ins Behandlungszimmer.

***

»Deine Ernährung ...«, sagte Thom, »ist kein einmaliges Verzichten, sondern sollte von Dauer sein. Es bringt nichts, wenn du jetzt für zwei oder drei Wochen eine neue, schlankere Linie fährst – und danach wieder alles wird, wie es vorher gewesen ist. Ich plädiere dafür, dass du einen Kochkurs besuchst, in dem du lernst, wie du gesund und frisch kochen kannst, ohne dass es viel Zeit in Anspruch nimmst. Was hältst du davon?«

Ariane war nicht begeistert. »Ein Kochkurs? Wie soll ich den denn noch unterbringen? Ich bin doch sowieso schon ...« – »Ja«, unterbrach Thom sie erneut, »und hier siehst du, das meine ich nicht böse, wie du sofort in den Modus schaltest, mir aufzuzählen, warum eine Sache nicht gehen sollte.« – »Ich beschreibe dir nur, wie mein aktuelles Leben so aussieht! Ich kann da nicht noch einen Kochkurs ergänzen!« – »Das ist ein einmaliger Kurs, der ein oder zwei Stunden geht, Ariane. Den kannst du sicher noch unterbringen.«

Ariane schwieg. Die Argumente waren nicht richtig auf ihrer Seite. Thom hatte recht; natürlich konnte sie – etwa am Wochenende, am Sonntag – ein oder zwei Stunden investieren, um zu einem Kochkurs zu gehen, der ihr Leben dauerhaft verändern würde. »Weißt du was? Es stimmt. Ich versuch's.«

Die Helferin im Eingangsbereich freute sich darüber, dass sie eine Empfehlung aussprechen konnte. Ariane war frohen Mutes, den Kurs zu absolvieren. Ob dieser den Effekt haben würde, den sie sich versprach?
Bild einfügen: Erkenntnis Nr. 5

Erkenntnis Nr.5

Volkskrankheiten entstehen oft
wegen falscher Gewohnheiten.

Überprüfe dein Verhalten
in Alltag und Beruf!

Geschichten und Wissenschaft

Lassen sich Gewohnheiten wirklich verändern?

Der Schlüssel hierzu wäre zugleich das Eingangstor zu einem vollkommenen Leben. Denn Gewohnheiten bestimmen unser Dasein. Ob wir uns gesund ernähren, Sport treiben und welche Art von Beziehungen wir führen – alle Aspekte des Lebens lassen sich formen, indem wir unsere Gewohnheiten anpassen. Und unsere Gewohnheiten sind nichts anderes als die Summe unserer Verhaltensweisen, insbesondere die, die wiederkehrend sind: »Einmalig eine Wucht« bringt nie so viel wie »jeden Tag ein bisschen«.

Das wusste auch Thom, nur hatte er weiterhin Schwierigkeiten damit, dies seinen Patienten mitzugeben. Viele nickten nur und sagten: »Ja, ja, klar« – aber so richtig schienen sie nicht zu verstehen, was er damit meinte. Oder vielleicht verstanden sie es, waren aber nicht willens, es bis zuletzt umzusetzen.

Am Beispiel von Ariane erkannte er, dass das Verhalten der Menschen und insbesondere deren Gewohnheiten ein Problem darstellten, und dass sie, gefangen in ihrem Alltagstrott, oft gar nicht erkannten, wo genau die Ursache lag.

***

Es war Herbst geworden und Krissi unternahm gemeinsam mit Martha in den Schulferien einen Mädelstrip. Karl war mit seinem Schachklub auf einem Ausflug und so blieb Thom alleine zu Hause und nahm sich zwei Tage frei. Abends bestellte er sich etwas zu essen; ohnehin schleifte sich das immer mehr ein, dass er nicht mehr frisch kochte (oder sich bekochen ließ), sondern Essen bestellte und auch das ein oder andere Mal seine sonst wöchentliche Laufrunde ausfallen ließ. Zu gemütlich waren die Abende, an denen er mit seiner Familie einen Film schaute oder ein Gesellschaftsspiel spielte. An diesem Abend bestellte er Pizza mit einem kleinen Salat. Beim Auspacken der Speisen fühlte er sich an seine Zeit im Studium erinnert. Bereits damals war es gang und gäbe, über das Thema der Gewohnheiten zu philosophieren; immerhin sagt man Studenten nach, sie würden Aufgaben gerne nach hinten verschieben und sich lieber dem Verzehr alkoholischer Getränke widmen.

Tatsächlich war Thom zur Zeit seines Studiums nicht faul gewesen, musste jedoch das ein oder andere Mal motiviert werden. Es gab das ein oder andere Tal und auch einen großen inneren Schweinehund. Höhepunkt dieses Tals war ein Erlebnis, das er wie eine Art Demütigung empfand.

***

Es ging damals um eine Vorlesung im Fach Pharmazie, also die Lehre über Medikamente. Der Dozent führte wissenschaftliche Studien über Antibiotika und Cortison an und streifte in einem Nebensatz das Thema Diäten. Damals war es gerade im Trend, Kiwis zu kaufen und zu verzehren, angeblich, um eine schlanke Linie zu halten oder diese herbeizuführen.

Thom tuschelte damals mit seinen Kommilitonen und machte sich über das neuste Werbeversprechen lustig, als der Dozent die kleine Gruppe aus ihrer Unterhaltung riss. »Die Herr-schaften ...«, unterbrach er sie, »würden Sie kurz wiederholen, was ich gerade gesagt habe?« Thom war der ›Anführer‹ dieser drei und fühlte sich dazu verpflichtet, eine Antwort zu geben. »Ich ...«, setzte er an, aber der Dozent unterbrach ihn schroff: »Thom, was genau war denn so lustig? Sie glauben nicht an die Wirkkraft von Kiwis?«

Die anderen Studenten kicherten und Thom war sich nicht sicher, wie er reagieren sollte. War der Dozent nun ein Sympa-thisant oder ein Gegner der Food-Werbekampagne? »Ich ... ich weiß nicht ...«, stotterte er und ergänzte: »... um abzunehmen oder eine schlanke Linie zu halten, sind glaube ich andere Dinge notwendiger als jeden Tag Kiwis zu essen.«

Damit hatte er den Dialog mit seinem Dozenten vor allen anderen aufgenommen, der Damm schien gebrochen. Der Professor fragte zurück: »Ach ja? Welche Dinge sollen denn da ... ›notwendiger‹ sein als die Kiwis?« Beim Aussprechen des Wortes »notwendiger« formte er mit beiden Händen das Symbol für Gänsefüßchen. Allen war klar, dass er sich von Thom und seinen Freunden in seiner Vorlesung gestört fühlte und ihn deshalb vor versammelter Mannschaft hochnehmen wollte. Egal, wie Thom nun reagierte, er konnte nur noch verlieren. Vier oder fünf Sekunden vergingen, ehe er sich an das Zitat eines

Nobelpreisträgers erinnerte. Wie würde es ankommen, wenn er es aufsagen würde?

»Was soll's«, dachte er sich und fing an, den berühmten Medizinbiologen Konrad Lorenz wiederzugeben. Dieser promovierte 1933 im Fach Zoologie und erforschte Instinkthandlungen bei Tieren. »Ich glaube ...«, erklärte Thom, »Gewicht und Ernährung haben in erster Linie mit dem eigenen Kopf zu tun. Mit Gewohnheiten. Damit, dass es ein Verhalten gibt, das sich eingeschliffen hat – und das entweder zu mehr oder zu weniger Gewicht führt.«

»Das klingt klug«, antwortete der Dozent mit scharfer Zunge, »aber sind das nicht Binsenweisheiten? Jedes Kind weiß, dass es sich anders verhalten, sprich beispielsweise weniger essen muss, um abzunehmen.«

Thom ließ sich davon nicht aus der Ruhe bringen und entgegnete in ruhigem Ton: »Ja, natürlich, das wissen wir alle. Aber wie viele Menschen auf der Welt wissen, wie sie theoretisch reich werden könnten, und bleiben doch bettelarm? Wie viele Menschen wissen, dass sie theoretisch auch schlank sein könnten – bleiben aber weiterhin fettleibig? Wie viele Menschen wissen, wie sie theoretisch die perfekte Ehe führen könnten – und schlafen dennoch in getrennten Betten? Es geht nicht darum, die Theorie zu kennen, sondern ... die Schritte zu wissen und diese auch konstant auszuführen. Ich habe da mal etwas gehört, das habe ich mir gemerkt. Gedacht heißt nicht immer gesagt, gesagt heißt nicht immer richtig gehört, gehört heißt nicht immer richtig verstanden, verstanden heißt nicht immer einverstanden, einverstanden heißt nicht immer angewendet – und angewendet heißt noch lange nicht beibehalten.«

Der ganze Saal war nun stumm. Der Dozent blickte verdutzt, während Thom triumphierend grinste. Es war nicht nötig, die Redewendung genauer zu erläutern, jeder wusste, was damit gemeint war. Zwei Studenten aus der hintersten Reihe fingen an leise zu klatschen, das war wohl ironisch gemeint. Nachdem sich der Professor nach einigen Sekunden berappelt hatte, sagte er: »Thom, aus Ihnen wird niemals ein guter Wissenschaftler. Sie erzählen immer nur die Geschichten. Aber Atome, Zellen, Organe – die hören nicht auf Geschichten. Die hören nur auf molekulare Verbindungen – und deshalb sollten Sie jetzt zuhören, damit Sie die Klausur nicht verschlafen.«

Das traf Thom. Er spürte zwar, dass er das Wortgefecht mit dem Dozenten »gewonnen« hatte, aber dessen Vorhersage über den weiteren Verlauf seiner Karriere machte ihn traurig.

***

Zurück in diesem Jahr. Thom schluckte den letzten Bissen seiner Thunfischpizza hinunter und ging zu seiner Terrassentür, durch die er nach draußen in die Dunkelheit des Gartens blickte. Im Fenster sah er vage seine eigene Spiegelung. Er schaute gleichzeitig nach draußen – und sich selbst an. »Schön, wie weit du es geschafft hast ...«, ermunterte er sich liebevoll, »meine Patienten freuen sich darüber, dass ich ihnen alles, was ich medizinisch verordne, anhand von Geschichten erkläre. Sie mögen es, dass ich mir Zeit nehme und dem ›schnell-schnell‹-Trend nicht hinterherlaufe. Vielleicht würde der Dozent von damals die richtigen Medikamente verordnen. Ich habe nichts gegen Medikamente. Aber ich habe etwas gegen das Denken, dass Beschwerden nur dann gelindert werden können, wenn man die richtige Chemie verschreibt. Auf das Gesamtkonzept kommt es an. Wie ich meinen Patienten behandele, ob ich ihm zuhöre, und ja, ob ich ihm Geschichten erzähle, Geschichten von Zuversicht und Heilung, Geschichten davon, wie das Leben dann weitergeht. Nur wer versteht, kann etwas verändern.«

Er lächelte ins Dunkle hinaus und damit auch zu sich selbst. Wieder kamen ihm die Worte von Konrad Lorenz in den Sinn, vor allem der letzte Satz, dass die bloße Anwendung nicht automatisch eine Regelmäßigkeit beinhalten würde. Das war genau der Punkt, der Thom umtrieb, seiner Meinung nach war das die Essenz dessen, was alle Heilmethoden mitbrachten: Es ging um »jeden Tag ein bisschen«, nicht um »einmalig ganz viel«. Jeden Tag ein bisschen Bewegung, jeden Tag ein bisschen Gemüse, jeden Tag ein bisschen frische Luft, jeden Tag an jemanden denken und ihm eine Freude machen.

Thom lächelte wieder und wandte sich schließlich vom Fenster ab. Er hatte eine Idee, die ihn in sein Büro neben dem Schlafzimmer gehen ließ. Er setzte sich an den Schreibtisch und schaltete die kleine Lampe ein. Mit seinem Füller schrieb er auf ein leeres Papier:

Die 3 Regeln der Gewohnheiten

… und formulierte die goldenen Regeln, von denen er glaubte, dass sie allen Menschen helfen würden, wenn sie gewinnbringendere Verhaltensweisen an den Tag legen möchten:

Erstens: Jeden Tag ein bisschen ist besser als einmalig ganz viel. Möchte man stark werden, lohnt es sich nicht, einmalig ein Pferd hochzuheben, sondern jeden Tag ein paarmal ein Hufeisen.

Zweitens: Weniger ist mehr. Das Verhalten kann nicht ›von jetzt auf gleich‹ eingebaut werden, sondern es bedarf eines gleichmäßigen Anstiegs. Wer heute zwanzig Zigaretten am Tag raucht, mag sie in einer Woche auf fünfzehn reduzieren, eine Woche später auf zehn – und so weiter.

Drittens: Nur eine Gewohnheit gleichzeitig verändern. Viele Menschen sind motiviert und wollen zur selben Zeit mehr schlafen, mehr trinken, mehr Sport machen und besser essen. Den Wenigsten gelingt durch diese Überforderung auch nur eine einzige Sache gut.

Der menschliche Organismus braucht, Schätzungen zufolge, 60–70 Tage, um sich auf eine neue Gewohnheit einzustellen. Thom schrieb also »66 Tage« schräg über die drei Regeln. So sah es gut aus. Wie so oft hatte er ein Merkblatt erstellt, das er am nächsten Tag mit in seine Praxis nehmen wollte.

***

»Schau mal, was hältst du davon, wenn wir das ins Wartezimmer hängen?«

Thoms Assistentin schaute sich das Blatt genau an. »Das sieht gut aus, inhaltlich gefällt es mir. Vielleicht könnte es noch ein bisschen schöner gestaltet werden?«, antwortete sie und streckte ihm leicht die Zunge raus. »Jetzt enttäuschst du mich aber, ich dachte, du freust dich!« – »Nein, ist schon gut so. Ich kann in der Mittagspause einen Rahmen von zu Hause holen. Aber eine Sache fehlt da noch, finde ich.« – »Welche denn?«

Seine Assistentin holte nun etwas weiter aus: »Ich weiß noch, was für ein Akt es war, meine Mutter davon zu überzeugen, Nichtraucherin zu werden. Ihr fiel es so schwer! Immer diese eine Zigarette pro Tag, die sie sich kaum einteilen konnte. Schnell war sie bei zwei pro Tag, schließlich ist ›einmal kein Mal‹ und aus zwei wurden dann schnell drei – schließlich sind alle guten Dinge stets drei!«

»Und wie habt ihr das gelöst?«

»Das ist nichts für jeden, aber meiner Mutter half es, dass wir gesagt haben: Keine einzige Zigarette mehr. Null. Nicht mal eine einzige. Denn wenn du eine erlaubst, trittst du mit dir selbst in Verhandlung. Wenn du keine erlaubst, gibt's nichts zu verhandeln, der Verhandlungsgegenstand ist dann nicht existent.«

»Spannend ...«, kommentierte Thom und nahm einen Stift aus der Ablage. »Wie könnte man das prägnant formulieren?«

»Ich habe die Erkenntnis gezogen: 99 % ist schwer, 100 % ist leicht. Je weniger Entscheidungsschwierigkeiten es gibt, desto besser. Und bei 100 %, was ja quasi bedeutet, keine einzige Zigarette mehr zu rauchen, fiel es ihr deutlich leichter, als ständig in diesem Limbo zu hängen, doch noch eine rauchen zu dürfen ...«

»Das ist etwas abstrakt. Also, das mit der Prozentzahl gefällt mir, aber wir brauchen noch eine passende Überschrift.«

»Schreib' einfach, dass der erste Schritt eine Entscheidung sein muss. Eine Entscheidung dafür, die neue Gewohnheit einzuführen. Dass es nicht um Verhandlungen geht und nicht darum, tausend Mal etwas zu überdenken – sondern einfach zu machen. Ich kann mir gut vorstellen, dass du damit viele gedanklich abholen wirst. So – und jetzt mach' ich Mittagspause und hol den Rahmen ab!«

Thom bedankte sich für den erneut grandiosen Einfluss der Assistentin; sie gab immer wertvolle Tipps und wie so oft fühlte er sich von ihr bereichert. Nachdem sie den Raum verließ, saß er allein an seinem Schreibtisch und überlegte, wie er das Bild komplett machen könnte. Schließlich öffnete er den Filzer und schrieb über seine Aufzeichnung: »Am Anfang: Entscheidung. 99 % ist schwer, 100 % ist einfach!«

Er war zufrieden mit dem Ergebnis – und dann bekam er ganz plötzlich Kopfschmerzen.

Erkenntnis Nr.6

Gewohnheiten lassen sich durch
regelmäßiges Training verändern.

Nutze die Gesundheitsplaner-App
für deine ersten 66 Tage!
www.DieGesundheitsplaner.de

Freunde öffnen Thom die Augen

Die Arbeit als Gesundheitsplaner spannte Thom immer mehr ein, teilweise so sehr, dass er selbst kleine »Wehwehchen« an seinem Körper spürte. Es musste ja schließlich so kommen: Jede ihm zur Verfügung stehende Energie steckte er seit drei Jahren in seine Arbeit und seine Klienten – er ging »auf dem Zahnfleisch« und seine Kraft wurde zunehmend weniger.

Eines Abends lag er mit seiner Frau auf der Couch und war eigentlich total müde, doch er spürte, wie seine Beine kribbelten. Unruhig schlug er die Seiten um, seine Frau fragte ihn, ob alles in Ordnung sei. Er stand auf und spazierte quer durch das Zimmer. »Mein Bein ist nur eingeschlafen«, sagte er träge und machte gute Miene zum bösen Spiel. Thom war sehr körperbewusst und ahnte bereits, dass etwas in ihm aus dem Gleichgewicht geraten war.

Auch das Ein- und Durchschlafen fiel ihm zusehends schwerer, besonders nach einer Virusinfektion, die ihn regelrecht niederstreckte und mit der er fast drei Wochen zu kämpfen hatte. Früher dauerte so etwas zwei oder drei Nächte und er konnte wieder loslegen; diese Krankheit jedoch verursachte so viele schwere Symptome, dass er sich eines Morgens dazu entschied, einen Arzt aufzusuchen.

Dieser Arzt war nicht irgendein Doktor, sondern ein langjähriger Freund von ihm, Uli mit Vornamen. Die beiden sahen sich nur noch selten, obwohl sie große Teile ihrer Jugend gemeinsam auf dem Sportplatz verbrachten und sogar zusammen an der Hochschule waren.

Uli untersuchte Thom intensiv, fand aber keine Unregelmäßigkeiten oder abnorme Werte, die auf eine Krankheit hindeuten würden. Er fragte Thom das, was Thom seine Patienten selbst immer fragte: Wie sein Leben war, wie er seinen Alltag und sein Berufsleben gestalten würde – und so weiter.

Genau wie Thom gab sich Uli nicht damit zufrieden, wenn Thom ungenaue oder halbgare Antworten gab. Er wollte alles ganz genau wissen und bohrte bis ins Detail. Er ließ sich sogar erklären, wie Thom mit seinen Patienten umging. Das Behandlungsgespräch entwickelte sich auf diesem Wege bald zu einer Plauderei über Behandlungsmethoden, ihr Studium, alte Zeiten, die Jugend und auch die Reise nach Spanien, die sie damals gemeinsam erlebten. Erst der Hinweis der Assistentin von Uli ließ die beiden zu einem Ende kommen. Uli sagte: »Thom, mein Verdacht erhärtet sich immer mehr, dass du entweder kurz vor oder mitten in einem sogenannten Burn-out stehst – und dein Immunsystem ist im Keller. Du solltest unbedingt für ein paar Monate kürzertreten. Was spricht eigentlich dagegen, dass du mal wieder deine alten Turnschuhe rausholst und dich bewegst?«

Thom musste schlucken, Uli hatte recht. Früher musste man Thom regelrecht vom Sportplatz wegtragen, so gerne war er dort; heute fuhr er mit dem Auto von der Arbeit nach Hause und ließ seinen sonst wöchentlichen Rundlauf öfter mal ausfallen, stattdessen gönnte er sich mit seiner Familie Pizza und Nudeln. Thom grübelte. Er, ein studierter Sportwissenschaftler und ehemaliger Leistungssportler, hatte sich seine alte Leidenschaft regelrecht abgewöhnt?!

Uli erkannte seine Hilflosigkeit und machte einen konkreten Vorschlag. »Also ich für meinen Teil habe ...«, fing er an zu erzählen, »eine neue Leidenschaft für mich entdeckt. Du weißt ja, dass ich als ehemaliger Handballer und Schwimmer stets die Abwechslung geliebt habe. Ich entdeckte einen Sport, bei dem man zuerst lange schwimmt, dann aufs Fahrrad steigt und zum Schluss in Laufschuhen durchs Ziel läuft. Durch diese Leidenschaft für diesen Sport wurde ich sogar zum ›Ironman‹, hier, schau mal!«, er deutete auf eine kleine Medaille neben seinem Computer. Thom war begeistert und irgendwie auch ein wenig stolz auf Uli. »Triathlon also ...«, sagte Thom und presste seine Lippen zusammen. »Exakt!«, antwortete Uli erfreut und führte dann weiter aus: »Ich habe letztes Jahr einen neuen Verein für diese Sportart gegründet. Dort gibt es viele Begeisterte und wir werden immer mehr Mitglieder. Einer unserer Platzwarte hatte neulich die Idee, eine Kindergruppe aufzubauen, um etwas für den Nachwuchs zu tun. Du als gelernter Sportlehrer könntest da doch vielleicht mithelfen!«

Thom rutschte unruhig auf seinem Stuhl hin und her. Eine Kindergruppe aufbauen? Das kam überraschend. Uli fuhr fort: »Du wärst genau der Richtige für unsere Kleinsten, hättest einen sanften Einstieg und könntest damit wieder mehr für dich selbst tun. Dein Immunsystem würde es dir ebenfalls danken, wir trainieren nämlich vorwiegend draußen an der frischen Luft!«

Thom konnte sich binnen Sekunden immer mehr für die Idee begeistern. Es hörte sich gut an, ja, sogar hervorragend! Sport war seine Leidenschaft und durch das Gespräch wurde ihm klar, dass er sie viel zu sehr aus den Augen verloren hatte. »Ich muss da mal drüber nachdenken, aber es hört sich wirklich gut an!«, sagte Thom im Aufstehen, nachdem Ulis Assistentin abermals an der Tür klopfte, da im Wartezimmer bereits der nächste Patient saß. Beschwingt und mit einem Gefühl der Euphorie fuhr Thom nach Hause. Erneut hatte er festgestellt, wie wichtig es ist, kompetente Hilfe zuzulassen und dafür zu sorgen, dass es Freunde gibt, die einen in schwierigen Zeiten auffangen.

***

Thom brauchte nur wenige Tage, um eine Entscheidung zu treffen. »Carpe Diem« lief gut, finanziell war es kein Problem, sich ein paar Monate zurückzuziehen und eine Aushilfe einzustellen. Auf lange Sicht wäre das ohnehin der Weg gewesen, den er einschlagen wollte, weil er nicht ein Leben lang 60 Stunden die Woche dort sein konnte. Einige seiner Patienten waren darüber traurig, aber er setzte großes Vertrauen in die Aushilfe, die er ebenfalls noch aus dem Studium kannte. Auch Thom fiel es nicht leicht, sich von seinen Patienten zu trennen, aber andererseits befolgte er damit den Rat, den er auch seinen Patienten immer wieder gegeben hatte: Er nahm sich Zeit für sich selbst.

Einen Monat später war Thom bereits ein paar Wochen als Kinder- und Jugendtrainer dabei und baute den Nachwuchs auf. Es waren die letzten Tage des Winters und die Kinder lernten in der Schwimmhalle das Kraulschwimmen. Thom war erstaunt, wie schnell und unbeschwert sie dazulernten. Der Lernfortschritt wuchs auch, als es im Frühjahr nach draußen auf die Fahrräder ging. Uli, der Gründer des Vereins, war zusammen mit seinen Kollegen aus dem Vorstand von Thoms Arbeit begeistert und schlug vor, im Sommer zu den Vereinsmeisterschaften ein großes Kinderrennen für die Jüngsten zu organisieren. Gesagt, getan, das Ziel war bestimmt und Thom spürte zum ersten Mal seit Jahren wieder ein dauerhaftes Brennen in seiner Seele …

***

Kurz vor dem Sommer wurde das Training an den Stadtrand verlegt. Am See sollten die Kinder spielen und eine gute Zeit verbringen, aber auch weiter trainieren. Der kleinste angehende Triathlet hieß Karl. Er hatte, wie seine Mutter eines Tages verriet, einen besonders starken »Akku«; man brauchte ihn nicht für Bewegung zu begeistern, sie lag ihm bereits im Blut. Thom erinnerte sich, dass er früher ebenso eine solche Energie an den Tag legte.

Am ersten Trainingstag sollte die Gruppe im See schwimmen, was Thom veranlasste, zur Sicherheit der Kinder ein paar Eltern um ihre Anwesenheit zu bitten. Als die kleinen Sportler mit ihren Fahrrädern am See ankamen, war Karl der Einzige, der an seinem Fahrrad stehen blieb. Alle anderen Kinder rannten zum Wasser und schlüpften in ihre Badesachen. Thom guckte zu Karl hinüber und traute kaum seinen Augen. Das Kind, das bisher oft wie ein Flummi herumhüpfte, stand ängstlich neben seinem Fahrrad und traute sich keinen Schritt weiter. Thom ging zu ihm hin. »Karl, was ist denn los? Kommst du nicht auch ans Wasser?« Offenbar hatte Karl Angst vor dem See, obwohl er in der Schwimmhalle meist einer der Letzten war, der aus dem Wasser kam, weil er so viel Spaß hatte.

»Trainer …«, so nannten die jungen Sportler Thom mittlerweile, »wenn ich in dem riesigen See schwimmen soll, dann musst du selbst auch mitmachen!«

Thom lächelte warmherzig. »Das verstehe ich, Karl. Soll ich bei eurem ersten Rennen nach den Ferien mit euch ins Wasser springen?«

»Ja, das ist eine gute Idee!«, erwiderte Karl. »Aber dann kannst du auch gleich den gesamten Triathlon mit uns machen!«

Jetzt lächelte auch Karl wieder und Thom hielt ihm die Hand hin, sodass Karl in den ausgehandelten ›Deal‹ einschlagen konnte.

»Okay, Karl, ich komme heute das erste Mal zum Training mit euch ins Wasser. Wenn ich es schaffe, mit euch die Runde im See zu schwimmen, kann ich auch mit euch das erste Rennen ausüben. Aber natürlich bei den Großen – sonst lachen ja alle über mich!«

Abgemacht! Die beiden zogen sich ihre Badehosen an und stiegen in den See, in dem die anderen Kinder schon längst herumtollten. Karl hatte seine Angst sofort überwunden und es war nie wieder ein Problem für ihn, im See schwimmen zu gehen.

Die Art und Weise, wie Thom diesem kleinen Problem begegnete, stand in keinem Lehrbuch. Kinder waren ab jetzt seine ständigen Begleiter und teilweise seine besten Lehrmeister. Obwohl er als junger Sportler alle Disziplinen, die länger als eine Stadionrunde waren, hasste, begann Thom sich neue Ziele zu setzen. Er entdeckte für sich eine Sportart, die alles vereinte, was ihm bisher fehlte.

Erkenntnis Nr.7

Neue Wege sollte man in Begleitung gehen.

Finde Weggefährten!
So fällt es dir leichter,
alte Gewohnheiten abzulegen.

Eines Abends, als die Kinder schon schliefen, drehte er noch eine Runde um den Block und genoss die nächtliche Wärme. In seinem Kopf sammelten sich viele Eindrücke und er hatte tagsüber keine Zeit, um sie angemessen zu verarbeiten. Er musste an das Gespräch mit Uli in seiner Praxis zurückdenken und beschloss, sich ein neues Ziel zu setzen: Er wollte Ironman werden! Noch später am selben Abend telefonierte er dann mit seiner Frau, die ihn beglückwünschte, aber auch mahnte, er möge sich nicht überfordern. »Der Burn-out war ein Schuss vor den Bug, Thom …«, sprach sie, »es bringt nichts, wenn du vom Regen in die Traufe fällst.«

Auch das gab Thom zu denken; wie so oft hatte seine Frau recht mit dem, was sie sagte. Aber er spürte, dass er wieder neue Impulse brauchte und einen Antrieb aus sich heraus. Mit den Kindern zu arbeiten war toll, aber dieser Vorschlag wurde ihm von Uli herangetragen. Der Wunsch, Ironman zu werden, war etwas, was aus ihm selbst heraus kam und was er eigenständig erreichen wollte.

***

Seinen ersten Triathlon machte er gemeinsam mit seinen kleinen Sportfreunden im Sommer am See und er wird ihm wohl für immer in Erinnerung bleiben. Zum einen, weil er sich ganz schön quälte, denn sein Trainingszustand war noch nicht wieder der Beste; zum anderen war er sehr stolz auf den kleinen Karl und allen anderen Triathleten des Sommers.

Auch Thoms Immunsystem erholte sich gut; seinen Sportfreund und Arzt Uli traf er jetzt regelmäßig, weil sie gemeinsam Sport trieben – wie früher!

Bereits jetzt merkte er, dass es ihm leichter fallen würde, Menschen mit Zivilisationskrankheiten auf einen nachhaltig gesunden Weg zu bringen, wenn er zu seinem Gesundheitshaus zurückkehren würde. Dank der Erkenntnisse, die er im Sommercamp sammelte, wollte er dafür sorgen, dass seine Patienten nicht ständig wieder in seine Behandlung zurückkommen mussten. Weiterhin setzte er sich kleine Ziele und veränderte aktiv seinen Alltag. Das Auto ließ er immer häufiger stehen, das Abendessen war wieder gesund und weniger fettig und er selbst konnte morgens mit mehr Selbstrespekt in den Spiegel schauen.

All die guten Eindrücke hatten aber auch eine Kehrseite. Nach all den Routinen, die er alleine und gemeinsam mit den Teilnehmern des Camps aufgebaut hatte, fragte er sich, wie es nun für ihn weitergehen sollte. Uli würde ihm bestimmt einen Vertrag über eine längere Laufzeit geben. Aber – wollte er das?

Oder würde er zu seinem geliebten »Carpe Diem«, seinem aufgebauten ›Baby‹ zurückkehren, und sich dem Risiko aussetzen, in die alten Muster zurückzufallen, die ihn vor ein paar Monaten in seinen Burn-out getrieben haben?

Thom erschrak, als er darauf nicht wie aus der Pistole geschossen eine Antwort geben konnte.

"

Erkenntnis Nr.8

Veränderung bedarf Eigeninitiative – das wusste bereits der Philosoph Sokrates.

Werde jetzt aktiv!

"

Thom gewinnt sein Lächeln zurück

»Bonsai ... bist du es?!«

Thom traute seinen Augen kaum – tatsächlich stand einer seiner ehemaligen Patienten neben ihm an der Fischtheke im Supermarkt. Die beiden hatten sich seit der Behandlung von damals nicht mehr gesehen und Thom freute sich, ihn wiederzuerkannt zu haben. »Das ist mir aber fast nicht gelungen ...«, lobte er, »denn du siehst tatsächlich anders als damals aus!« – »Findest du?« – »Ja, ich habe dich an der Augenpartie erkannt. Ernährungsmäßig scheinst du einiges umgestellt zu haben, du wirkst ja richtig fit und vital!«

Die beiden entschlossen sich, ihren Einkauf zu erledigen und anschließend noch eine Fruchtschorle in der angrenzenden Cafeteria zu trinken. »Ich lade dich gerne ein, muss nur meinen Einkauf vorher im Auto verstauen. Geh' ruhig schon mal vor!«

Bonsai wählte einen kalten Ingwer-Zitronentee und Thom eine Fitness-Fruchtschorle. Sie setzten sich in den Außenbereich und fingen an zu reden. »Erzähl mal, es würde mich wirklich interessieren, wie du deine Ernährung und dein Leben generell in den Griff bekommen hast!«, eröffnete Thom erneut das Gespräch.

»Ach weißt du …«, antwortete Bonsai, »letztendlich habe ich gemerkt, dass mein Ess- und Bewegungsverhalten nur eine Frage von Gewohnheiten war. Die ersten Tage waren schlimm, aber ich habe gemerkt, dass ich gar nicht so viel – und vor allem nicht so ungesundes Zeug – zu mir nehmen muss, wie ich vorher dachte.« – »Ja, so berichten viele, die abnehmen. Dass sie vorher denken, sie müssten hungern, aber nein, es geht vielmehr um das kontrollierte und bewusste Essen!« – »Exakt«, stimmte Bonsai zu und erzählte weiter: »Dazu kam, dass ich vor zwei Monaten einem neuen Sportverein hier in der Umgebung beigetreten bin, die anboten, mich zum Ironman auszubilden.« Thom fiel fast seine Schorle aus der Hand – es gab nur einen einzigen Sportverein in der Umgebung, der Derartiges anbot – und das war der, bei dem Thom gearbeitet hatte. Seine Augen weiteten sich: »Wie jetzt? Ein Sportverein? Welchen genau meinst du?«

Und tatsächlich – Bonsai war einer der Teilnehmer des »Ironman«-Projekts, das Thom einige Wochen zuvor als Testperson inoffiziell mit Uli absolviert hatte. »Das ist ja der helle Wahnsinn, was ein Zufall!«, ulkten beide, als Thom die Verbindung auflöste. »Aber dann scheinst du ja auch ein bisschen die Richtung gewechselt zu haben?« Thom erzählte von seinem drohenden Burn-out und davon, dass er die Reißlinie ziehen musste. »Ich habe die Arbeit geliebt und auch meine Patienten. Aber jede Woche auf Dauer 60, 70 oder gar 80 Stunden arbeiten – das haut dich irgendwann weg«, erzählte er und Bonsai ergänzte: »Da kann ich ein Lied von singen – hey, immerhin waren wir beide ja damals wegen einer ähnlichen Situation bei dir in der Praxis!« – »Jap. Ich habe in der Pause auch immer mal wieder an euch gedacht. Wie geht's deinem Freund Hightower denn?« – »Er hat es leider nicht geschafft«, antwortete Bonsai. »Nicht geschafft?«, Thom wurde kurz bleich im Gesicht. »Nein, nein, nicht, was du denkst, das habe ich jetzt falsch ausgedrückt ...«, er lachte, »er ist nur in seinen alten Mustern hängen geblieben und hat auch seinen Posten neben mir im Büro aufgegeben. Schade, wir waren ein tolles Team, aber es ging nicht mehr, er war alle zwei Wochen erkältet und wir haben eine Chefin, die sowas nicht lange mit ansehen kann.«

»Er arbeitet aber noch bei euch?« – »Ja, aber eben nicht mehr in dem Teil der Redaktion, in dem ich selbst arbeite und in dem es für gewöhnlich schneller gehen muss.« – »Woran glaubst du, hat es gelegen?« – »Ich weiß nicht, vermutlich daran, dass er dachte, dass es damit getan sei, ein oder zwei Mal zu einem Therapeuten wie dir zu laufen ... so läuft das nicht. Entwicklung braucht Eigeninitiative und einen eigenen Willen, vielleicht auch Disziplin. Das alles brachte er wohl nicht auf.« – »Verstehe«, nickte Thom.

Themawechsel! Die beiden plauderten noch eine Weile über den Triathlon und Thom war stolz, denn aufgrund seines Impulses schaffte Bonsai es, jünger als seine gleichaltrigen Kollegen auszusehen, seine Ernährung umzustellen und sich wesentlich mehr zu bewegen. Auch Bonsai war ihm sehr dankbar; schließlich war Thom es gewesen, der ihn nicht an tausend Kabel geschlossen und Dutzende Medikamente verschrieben hat, sondern der einfühlsam an die Ursachen der Symptome herangegangen ist und eine ganzheitliche Behandlung vorgeschlagen hat, eine, die das komplette Leben von Bonsai in die Therapieentscheidung mit einbezogen hat.

***

Und dann sprachen die beiden über den Ironman! Einer war stolzer als der andere, es geschafft zu haben. Thom konnte es immer noch nicht fassen, nicht mitbekommen zu haben, dass in »seinem« Verein ein ihm so bekannter Patient Mitglied war – und Bonsai konnte es nicht fassen, dass er in dem Verein trainierte, den Thom maßgeblich mit aufgebaut hatte.

Sie verabredeten sich zu weiteren Treffen und wollten gemeinsam Laufen gehen und Tennis spielen, bevor er wieder zurück zum »Carpe Diem« kehrte. Thom hatte sein Konzept dort mittlerweile in eine Art Regelbuch gegossen, das von ihm und seinen angestellten Behandlern eingesetzt wurde. Das ganzheitliche, strukturierte Behandlungskonzept nannte er die »3G-Methode«, mit der er den Patienten nicht nur in abstrakte medizinische Kategorien einordnen, sondern für einen echten Heilungsverlauf sorgen wollte. Der Name stammte aus der Diskussion mit dem Professor, der ihm damals vor versammelter Belegschaft voraussagte, niemals ein guter Wissenschaftler zu werden. Ja – es stimmte – Thom brachte Dinge gern auf den Punkt. Und in dem Fall waren es drei einfache, aber wichtige Punkte, die er zu einem Konzept verarbeitete:

1. Analyse in drei Systemen (1: Körperlich, 2: Die Lebens- und Arbeitsverhältnisse betrachtend, 3: Das persönliche Alltagsverhalten des Klienten beobachtend)

2. Ein darauf aufbauendes strukturiertes Gesundheits-Einsteigerprogramm (dauert bis zu drei Monate, um positive Veränderungen messbar und spürbar zu manifestieren und verläuft in wiederum drei Etappen, nämlich Revitalisierung, Aktivierung und Optimierung)

3. Ein Konzept zur Veränderung von Verhalten und Verhält-
nissen, damit der Gesundheitssuchende seine Gesundheit in
Eigenregie im Griff bekommt.

***

Im »Carpe Diem« arbeiteten also nicht nur Thom, sondern auch
seine beiden neuen Gesundheitsplaner nach der 3G-Gesund-
heitsformel. Die beiden hatte er für seine Pause eingestellt und
bei seinem Zurückkommen behalten. »Carpe Diem« war für alle
drei nicht mehr nur irgendeine Praxis, sondern eine Gesundheitsmanufaktur, da sie davon überzeugt waren, dass es kein
Programm der Welt je schaffen wird, alle(s) und jeden vollständig gesund zu machen.

Allen voran seine Kollegen lernten, dass es sinnvoll ist, einen
vielseitig anwendbaren »Werkzeugkoffer« dabei zu haben und
mit einer weitblickenden Analyse das jeweils sinnvolle Werkzeug einzusetzen. Die Gesundheitsplaner haben über ihre Sinne
die besonderen Fähigkeiten, die man braucht, um ein gesundheitliches Problem nachhaltig zu lösen.

Auf dieser Basis entwickelte sich das Haus weiterhin. Sie hatten
Arbeit ohne Ende, die Gesundheitsmanufaktur war voll ausge-
lastet. Doch irgendetwas stimmte nicht. Der wirtschaftliche
Erfolg stagnierte, das Team war unzufrieden, weil trotz der
mittlerweile sehr optimierten Behandlungsstrategie einige der
Gesundheitssuchenden das Programm nicht durchhielten oder
die Beschwerden immer wieder auftraten.

Thom und seine Gesundheitsplaner fühlten sich in ihrem
Hamsterrad etwas gefangen. Wieder und wieder zerbrach er
sich den Kopf, wie er sein Team zufriedener machen konnte ...

Erkenntnis Nr.9
Den Weg zur chronischen Gesundheit solltest du Schritt für Schritt gehen!

Thom lernt einiges dazu

Mit der Zeit ging immer mehr schief, wenn Thom in der Praxis war. Seine Patienten wurden unzufriedener und klagten ihr Leid, manchmal gaben sie sogar eine schlechte Bewertung im Internet ab. Die Mitarbeiter taten ihr Möglichstes und nahmen Thom Arbeit ab, hatten aber immer wieder Fragen und Anliegen, die ihn aus seinem Arbeitsfluss rissen. Thom spürte, wie sein Körper rebellierte, doch er gönnte sich keine Pause, sondern nahm jeden Auftrag an, auch dann, wenn er mit seiner Familie unterwegs war. Sprichwörtlich tanzte er auf allen Hochzeiten – und bekam wenig später die Quittung dafür.

Als er mit seiner Frau Krissi, seinem Sohn und seiner Tochter übers Wochenende auf eine Insel der Nordsee fuhr, wachte er eines Nachts auf und spürte, dass seine linke Körperhälfte vollständig wie gelähmt war. Krissi reagierte sofort und ließ einen Notarzt kommen. Im Klinikum untersuchten ihn die Ärzte und konnten glücklicherweise Entwarnung geben; es war kein Schlaganfall und nach einer halben Stunde spürte er Teile seines Körpers wieder normal.

Dennoch saß der Schock tief und auch die Erkenntnis, dass er sich mehr Pausen gönnen und vernünftig abschalten musste. Seine Frau verlangte, dass Thom ein paar Tage richtigen Urlaub einlegen sollte – ohne Termine, ohne Telefon, ohne Computer – und natürlich ohne sein geliebtes »Carpe Diem«. Thom intervenierte kurz, erkannte dann aber die Sinnhaftigkeit dieses Vorschlags und äußerte die Bedingung, dass er seine Familie in seinen Urlaub mitnehmen wollte. Gesagt, getan – drei Wochen später waren sowieso Schulferien und die vier fuhren in ihrem Camper in mehreren Etappen zu ihrem Freund Salvador bis nach Spanien, an den Ort, an dem sie damals mit dem Fahrrad liegengeblieben waren und spontan von ihm aufgenommen und eingeladen wurden.

***

Alle freuten sich, in das kleine Dorf zurückzukehren – und Salvador und seine liebenswerte Frau freuten sich auch. »Ustedes no son nuestros amigos. Tu eres familia!", sagte sie, zu Deutsch sinngemäß, Thom und seine Familie seien nicht bloß Freunde, sondern gehörten dazu.

Nachdem sie zwei Nächte bei und mit Salvador und seiner Frau verbringen durften, fuhren sie rund 30 Kilometer weiter auf einen Campingplatz, der etwas näher am Meer gelegen war. Schließlich sollte Thom entspannen können – leichtes Schwimmen und frische Meeresfrüchte inklusive! Als sie angekommen waren, entschied Thom sich dazu, eine Runde spazieren zu gehen, die Frauen wollten in den Waschsalon gehen und die mitgebrachten Klamotten reinigen. Thom erkundete also den Campingplatz und kam an eine Art Brunnen, der offenbar so etwas wie den Mittelpunkt des Geländes darstellte. An diesem saß bereits ein anderer Mensch, der Thom freundlich anlächelte. »Hola!«, rief er, und Thom erkannte gleich den ausländischen Akzent in seiner Stimme: Das war kein Spanisch, das war ... vielleicht sogar Deutsch? »Seien Sie gegrüßt«, antwortete Thom auf Englisch, »Sie kommen nicht zufällig aus Deutschland?« Der Mann legte den Kopf in den Nacken und lachte. Thom schaute verdutzt, weil er nicht wusste, wie er diese Reaktion zu deuten hatte. Der Mann stand auf und klopfte seine Hände an seiner Jeans ab, ehe er Schritte in Richtung Thom unternahm.

»Aber klar, woran hast du mich erkannt?«, sagte er, während er Thom die Hand hinhielt. Thom ergriff sie und drückte sie fest, während er dem Fremden in die Augen schaute und freundlich zurücklächelte. »Ich bin Thom – und ich habe dich an deinem ›Hola‹ erkannt. Das war kein ›Hola‹, wie Spanier es aussprechen würden ... und auch keins, wie Briten oder Franzosen es täten.« Jetzt musste auch Thom etwas lachen und der Mann ergänzte: »So, und da blieb im Auswahlverfahren noch übrig, dass ich aus Deutschland kommen müsste, was?« – erneut lachte der Fremde und nannte seinen Namen: David. »David«, wiederholte Thom, »der von Gott Geliebte?« – »Schön wär's. Bist du allein hier?« – »Ja, also hier am Brunnen schon, ich mache gerade einen Spaziergang und erkunde die Gegend, wir sind vorhin erst angereist und meine Mädels machen gerade die Wäsche.« – »Das klingt gut, ich bin auch mit meiner Familie hier.« – »Wo ist denn hier was? Das Gelände ist ja etwas größer.« – »Wenn du möchtest, führe ich dich ein bisschen herum und zeige dir alles?« – »Das klingt gut, abgemacht!«

Die beiden unternahmen einen Rundgang und David zeigte Thom die wichtigsten Orte; die Cafeteria, die Duschen, das Spielhaus für die Kinder. »Meine waren letztes Jahr im Mini-Club, aber ... naja, mein Sohn war nicht wirklich begeistert«, erzählte David. Er schien häufiger herzukommen. »Wie kommt's denn, dass du hier Urlaub machst?«, fragte Thom. »Ich habe einen anstrengenden Job und brauche ab und zu eine Auszeit. Ich mag

Hotels nicht, weil ich dort immer das Gefühl habe, fremdbestimmt zu sein. Allein schon, dass jeden Tag ein Zimmermädchen reinkommt und das Zimmer reinigt ... das ist zwar luxuriös, aber ich habe gern die Freiheit. Aus dem Grund haben wir hier auf dem Campingplatz das Beste aus beiden Welten; wir lassen uns teilweise bedienen, als wären wir in einem Hotel, haben aber dennoch die Freiheit, unser eigenes Ding zu machen. Wenn wir morgens mal im Camper bleiben oder irgendwas an- oder abbauen möchten, ist das ganz einfach ohne Rücksprache möglich. Wie ist es bei dir?« Thom erzählte von sich und seiner Auszeit, die seine Frau ihm verschrieben hat. »Das klingt bitter ...«, reagierte David empathisch und hakte nach: »Was genau machst du denn? Das klingt ja fast so, als wärst du Investmentbroker oder sowas« und lachte. »Nein, nein, schlimmer ...«, lachte Thom, »ich leite eine Gesundheitsmanufaktur bei uns im Ort; ich bin Therapeut und helfe Menschen dabei, gesund zu werden.« – »Neeein!«, Davids Augen wurden größer, »das glaube ich ja kaum. Ernsthaft?« – »Ja, wieso?«, fragte Thom zurück und lachte: »Bist du etwa Investmentbroker?« – »Nein, ich mache genau das Gleiche wie du!« – »Ach was!«, jetzt weiteten sich auch Thoms Augen.

Fortan entwickelte sich aus dem leichten Dialog ein tiefes Gespräch, das länger dauerte, als beide es eingeplant hatten. Der Bann schien gebrochen und die beiden unterhielten sich vor allem über ihre Berufe und Tätigkeiten, über Heilmethoden und Techniken. Erst ein Telefonanruf seiner Frau riss Thom aus dem Gesprächsfluss: »Ja? Oh, entschuldige, ich habe total die Zeit vergessen. Weißt du, was mir Unglaubliches passiert ist? Ich habe zufällig David am Brunnen kennengelernt, er ist ebenfalls Therapeut und seit geschlagenen zwei Stunden sitzen wir hier an der gleichen Stelle und erzählen uns gegenseitig von unseren Methoden und Herausforderungen, das ist echt irre! ... Was? Oh, ja, das klingt gut, ich frage ihn!« – Thom hielt sein

Handy schräg und sprach zu David: »Was hältst du davon, wenn du heute Abend zu uns zum Essen kommst? Meine Frau würde etwas kochen, du kannst gern auch deine Familie mitbringen, sagt sie!«

David war überrascht, freute sich aber und lächelte. »Das ist eine wirklich freundliche Einladung dafür, dass wir uns erst seit …«, er schaute auf seine Armbanduhr, »zwei oder drei Stunden kennen. Tatsächlich ist meine Familie von gestern bis morgen auf einer Wanderung, die ich nicht mitmachen wollte, ich wäre also frei und hätte auch Lust, eurem Essen beizuwohnen, klar!« – »Hast du gehört, Krissi?«, fragte Thom nun wieder mit dem Gerät am Ohr, »Ja, ich sage ihm Bescheid! Bis später!«

Thom drückte das Gespräch weg und widmete sich wieder David. »Das ist ja wirklich ein großer Zufall. Das heißt, im Normalfall wärst du heute auch gar nicht am Brunnen gewesen?« – »Exakt, normalerweise wäre ich mit meiner Familie natürlich wandern gegangen, aber an meinem Fuß heilt gerade eine entzündete Stelle und … ja, da wollte ich nichts riskieren.«

Die beiden verabredeten sich dafür, dass David weitere zwei Stunden später, abends, zum Grillen zum Camper von Thom und seiner Frau kommen würde. Sie tauschten ihre Mobilfunknummern aus und Thom ging nach Hause, um zu duschen und sich für den Abend frisch zu machen – ein Abend, der ihm viel bedeuten sollte.

***

Salat, Würstchen und für jeden ein Steak. David verstand sich prächtig mit Krissi und den zwei Kindern, die nach dem Essen zu Bett gehen sollten. »Wir wollen aber noch ein bisschen bei euch bleiben!«, forderten sie. »Hmm … na gut, zur Feier des

Tages. Bedankt euch bei David! In einer halben Stunde geht's in die Heia!« Die Kinder freuten sich und so konnten die fünf noch etwas sitzen, Erdnüsse knabbern und die Erwachsenen Wein und Bier trinken.

Eine weitere Stunde später waren die Kinder schlafen gegangen, und die Erwachsenen kamen auf das Thema Gesundheit und Therapie zu sprechen. David erzählte von seiner eigenen Praxis, die ungefähr 200 Kilometer von Thoms Wohnort entfernt war. Er erzählte von seinem Alltag, seinen Patienten, den guten Momenten aber auch den Herausforderungen. »Vieles ist deckungsgleich ...«, resümierte Thom nach einer Weile, »aber ich merke, dass du mir ein paar Schritte voraus bist. Was ist dein Geheimnis?« Noch bevor David ansetzen konnte, fügte Krissi hinzu: »Mein Mann baut seit ein paar Monaten ab, das erschreckt mich. Er isst nicht mehr regelmäßig, trainiert kaum noch, verbringt seine Zeit nur noch auf der Arbeit und bei seinen Terminen – und hat unsere Kinder auch lange nicht mehr drei Stunden am Stück gesehen.« – »Das stimmt ...«, bestätigte Thom, »hier im Urlaub habe ich gedacht: ›Du lieber Himmel, sind die aber groß geworden.‹ Das wäre mir zu Hause wohl niemals so aufgefallen.«

Die drei sahen sich eine kurze Weile stumm an, Thom wandte den Blick ab und schaute ins Dunkle. David unterbrach diese Stille: »Ich glaube, ich weiß, wo dein Problem liegt. Aber dafür ...« – »... brauchst du noch ein bisschen Sangria?«, lachte Krissi und schüttete ihm etwas nach. »Oh, danke, ich habe beinahe genug. Ich will schließlich nicht betrunken werden.« – »... und ich ...«, erwiderte Krissi, »bin es leider ein wenig. Deshalb gehe ich jetzt auch schlafen. Gute Nacht, ich lege mich hin. Hat mich gefreut, dich kennenzulernen, David! Gute Nacht, Schatz!« Beim Verabschieden gab Krissi ihrem Thom einen Kuss auf die Stirn.

»Also, was denkst du, wo liegt die Lösung für mein Problem?«
– »Thom, entschuldige, ich merke, ich bin auch müde. Und
morgen ist meine Familie schon wieder da. Es war ein wunder-
schöner Abend. Aber ich vermute, wir müssen das zu einem
anderen Zeitpunkt fortsetzen. Was hältst du davon, wenn ich
dich mal in deiner Manufaktur besuche?« – »Du hast recht. Tja,
ich schätze, meine Frau hatte wie immer ein gutes Gefühl. Lass
uns schlafen legen. Und ja – das hört sich wunderbar an! Ich
würde dich gerne einladen und dir alles zeigen!«

Die beiden umarmten sich für den Abschied und David ging
zurück über den Campingplatz zu seinem Wagen. Thom stieg
zu Krissi ins Bett und hatte ein gutes Gefühl damit, einen neuen
Freund gewonnen zu haben.

***

Ein paar Wochen später stand David tatsächlich bei ihm auf der
Matte. Thoms Assistentin begrüßte ihn: »Ah, du musst David
sein. Freut mich, dass es geklappt hat. Ich gebe Thom Bescheid,
er hat sich für den Rest des Tages freigenommen, unsere anderen
Heiler übernehmen die restlichen Termine!«

Bereits beim Reinkommen bemerkte David die überlastete
Energie der Belegschaft. Sie hatten alle so viel zu tun. Die
Helferin am Empfang war früher so nett, offen und aufge-
schlossen gewesen – mittlerweile wirkte sie, als würde sie unter
Stress stehen.

Es folgte ein Rundgang, bei dem David alles gezeigt wurde. Sie
besichtigten den Therapieraum, die Geräte und die Unterlagen,
auf denen das 3G-Gesundheitssystem verzeichnet war. »Darf ich
mal bei einer deiner Sitzungen dabei sein?«, fragte David. Thom
war sich nicht sicher. »Wenn wir das Einverständnis des Pati-

enten bekommen, natürlich. Der muss sich damit wohlfühlen ...« – »Natürlich ...«, nickte David, »das müssen wir vorher abklären. Aber mir würde es helfen, um zu verstehen, wie du konkret arbeitest.«

Am Nachmittag ergab es sich tatsächlich, dass Thom den eigentlich schon an seinen Kollegen weggegebenen Termin wieder an sich nehmen konnte, und bei dem der Patient einverstanden war, während der Sitzung von David beobachtet zu werden. Dieser resümierte im Anschluss: »Das war doch gut, danke, das hat mir einen Eindruck gegeben. Können wir irgendwo in Ruhe reden?«

Thom überlegte kurz. »Klar ...«, sagte er, »wir gehen aufs Dach!« – »Aufs Dach?«, fragte David verdutzt. »Ja, mit einigen meiner Patienten war ich schon dort. Wir haben dort eine schöne Aussicht und können in Ruhe alles besprechen.« – »Klingt interessant, auf geht's!«

***

Auf dem Dach angekommen kam David recht schnell zum Punkt. Er sagte: »Tatsächlich eine schöne Aussicht. Aber noch schöner wäre es, wenn du ein paar deiner Arbeitsweisen umstellen würdest, vermute ich.«

Thom hörte gebannt zu.

David führte seine Gedanken aus. »Also. Als Erstes solltest du den ganzen Müll aus deinem Haus schmeißen, also die Sachen, die du nicht brauchst. Du siehst den Wald vor lauter Bäumen nicht mehr.«

»Okay.«

»Anschließend musst du lernen oder dir erneut vergegenwärtigen, wie einfach die Naturgesetze und damit auch die Menschen funktionieren.«

»Hmm, okay?«

»Und drittens solltest du wieder lernen, Fragen zu stellen. Wer keine Fragen hat, findet auch keine Antworten.«

Was hatte all das zu bedeuten? Thom fühlte sich ein wenig beleidigt. »Hey, alles okay?«, fragte David. »Ich weiß nicht. Alle diese Dinge sind mir doch bewusst!« – »Ja, das stimmt, aber nur, weil sie dir bewusst sind, heißt das nicht, dass du sie auch anwendest. Wenn Menschen zu viele Süßigkeiten essen, ist ihnen auch bewusst, dass sie es nicht tun sollten – sie machen's trotzdem!«

Das erinnerte Thom an die Situation, die er mit seinem Dozenten durchlebt hatte. Einst hatte er diesem genau den gleichen Satz gesagt. Thom besann sich und sagte: »Du hast recht. Ich habe Nachholbedarf und meine eigene Weiterbildung zu lang schleifen lassen. Was kann ich tun?«

»Wenn du möchtest«, kam ihm David entgegen, »biete ich dir an, dass ich dich schulen könnte. Ich würde dir alle diese Dinge beibringen – auf meine Weise. Das heißt nicht, dass du es schlecht gemacht hast, aber es würde all dein Wissen und all deine Methoden auffrischen und vielleicht sogar sinnvoll ergänzen. Du hast ja auch gesagt, dass manche deiner Patienten immer wieder kommen müssen, weil sie sich nicht geheilt fühlen. Durch eine Fortbildung bei mir könntest du diese Fälle bestimmt auf ein Minimum reduzieren.«

»Da muss ich drüber nachdenken, David.« – »Mach das. Ich habe mir für heute ein Hotelzimmer hier in der Nähe gebucht. Gib mir gerne Bescheid, wenn du dich entschieden hast.«

David wollte gerade die Leiter nach unten nehmen, als Thom ihn rief: »Halt! Warte! Ja, du hast recht. Lass es uns direkt dingfest machen. Ich würde Krissi fragen, ob sie mich begleiten mag, und ... ja, dann können wir das versuchen. Es ist der einzig sinnvolle Weg, durch alleiniges Herumprobieren werde ich nicht vorwärtskommen!« David grinste und nickte. »Toll! Dann werde ich morgen früh direkt zu mir nach Hause abreisen – und wenn ihr wollt, fahrt ihr direkt hinterher, oder ihr kommt ein paar Tage später nach. So oder so werdet ihr euch absprechen müssen.«

Thom nahm die Herausforderung an – wohin sie ihn wohl führen würde?

***

Krissi stimmte sowohl der Schulung als auch ihrer Begleitung zu. Die Kinder wurden über das verlängerte Wochenende zur Großmutter gebracht und Thom war bereit, sich in einer kleinen Gruppe mit anderen Teilnehmern fortzubilden.

Der Beginn der Sitzung wühlte Thom und auch Krissi stark auf. David erklärte, wie einfach es sei, die wirklichen Ursachen von Beschwerden zu erkennen – doch beide verstanden am Anfang nur Bahnhof. Es war wie ein großer brauner Sumpf, der, je mehr Erklärungen David hinzufügte, immer größer zu werden schien. Thom traute sich inmitten der Kleingruppe zunächst nicht gezielt nachzufragen und wollte sich stattdessen vom Strom der Inhalte treiben lassen. Nach zwei unruhigen Nächten begriffen sie langsam das Konzept. David wollte, dass sie Fragen stellten und Zusammenhänge beobachteten. Seine komplizierte Erklärung war bewusst gewählt – einfach sollten die Schulungstage nicht werden, sondern fordernd. Er wollte ihnen zeigen, dass ein guter Therapeut nicht nur viel Wissen haben sollte, sondern dazu in der Lage sein muss, dieses auch strukturiert und geplant weiterzugeben. Lektion gelernt!

Am dritten Tag hieß das Thema ›Kommunikation und Beobachtung‹. David sagte, der Therapeut müsse arbeiten wie ein Handwerker. Ein solcher gehe immer nach einem Plan vor, um den Fehler zu finden. Zunächst stellt er Fragen. Wo genau liegt das Problem? Wo tritt es auf? Die zweite Frage ist immer: Wie zeigt sich das Problem? Es sei die Aufgabe des Therapeuten, zu erkunden, seit wann das Problem bestehe und was zu diesem Zeitpunkt eventuell noch passiert ist.

Thom erkannte: Die Fragen sind eine Art Analyse, genau wie er es mit seinem Gesundheitssystem bereits machte, indem er seine Patienten befragte. Es gab aber einen feinen Unterschied: Die Fragen, die David benutzte, unterlagen einer bestimmten Reihenfolge, wie ein Algorithmus. Außerdem gab er den Patienten ein Antwortmuster vor, bei dem man eine Auswahl aus drei Antwortbereichen tätigen konnte, mit denen David die Aussagen seiner Patienten kategorisierte. Er engte das Problem auf die drei grundsätzlichen Körpersysteme ein. Dadurch bekam er erste Hinweise, in welchem Bereich der Fehler zu suchen war. Und das war meist nicht an der Stelle, an der es weh tat – das ergab Sinn!

Der gute Handwerker wird niemals zuallererst die defekte Lampe von der Leiter aus überprüfen, sondern das Problem eingrenzen. Zuerst schaut er, ob Strom fließt. Danach überprüft er, ob die Leitungen funktionieren. Erst nach erfolgter Überprüfung würde er sich daran machen, die defekte Lampe zu wechseln. Auch das schien logisch, genau das gleiche Prinzip kannte Thom aus seiner Zeit als Leistungssportler. Um Erfolg zu haben, musste man gewisse Trainingsgesetze und -methoden beachten. Sein erster Trainer sagte einmal: »Thom, einfach immer nur laufen wird dich auf Dauer nicht schneller oder besser machen. Wenn du Olympiasieger werden möchtest, musst du nach dem ›Olympiazyklus‹-Trainingsprinzip arbeiten!«

Erkenntnis Nr.10

Chronische Gesundheit ist nicht kompliziert. Naturwissenschaftliche Kenntnisse helfen dabei, das System zu verstehen.

Suchst du Hilfe?
Wende dich an deinen Gesundheitsplaner!
www.DieGesundheitsplaner.de

Thom entdeckt das Geheimnis zur chronischen Gesundheit

In den darauffolgenden Jahren dachte Thom neu über das Thema Gesundwerden nach. David hatte viele Denkprozesse in ihm ausgelöst und auf diese Weise änderte er seine Behandlungsmethode. Es imponierte ihm, wie David den gesundheitlichen Problemen der Patienten auf den Grund ging und immer tiefer grub. Der Kern war, dass man das Gesundmachen genauso angehen musste wie andere Wissenschaften: Naturgesetze betrachten und dann systematisch nach vorne arbeiten, um das Problem zu erkennen und damit zu lösen.

Anders, so fand Thom nach und nach heraus, stellt sich kein nachhaltiger Erfolg ein. Für den Therapeuten ist es reizvoll, schnell »mal eben« einen Schritt zu überspringen, das Problem mit einem Medikament zu unterdrücken oder eine Gesetzmäßigkeit der Natur zu ignorieren. Alles das kann die Blutung kurzfristig stillen, aber niemals die Wunde komplett verschließen. Wenn der Handwerker eine Lampe auswechselt, obwohl er eigentlich das defekte Kabel hätte reparieren müssen, kann es sein, dass das Problem für ein paar Minuten behoben scheint

– aber das defekte Kabel wird sich erneut melden und der enttäuschte Kunde wiederholt anrufen. Und hier geht es »nur« um eine Lampe und einen Handwerker, nicht um die so wichtige Gesundheit des menschlichen Körpers.

Martha war mittlerweile erwachsen geworden. Sie wollte in die Fußstapfen ihres Papas treten und ebenfalls an eine Hochschule. Zu Beginn ihres Studiums kam sie jedoch mehrmals enttäuscht nach Hause. »Papa ...«, klagte sie, »ich dachte, ich erfahre etwas völlig Neues ... aber es ist vom Ansatz her genau gleich ... das haben wir doch schon in der fünften Klasse gelernt. Jede der Naturwissenschaften arbeitet genau wie die andere!«

Und dann erklärte sie, wie sie das System verstanden hatte:

1. Gegeben: Was ist da? Was kann ich erfahren oder heraus-lesen?
2. Gesucht: Was will ich erreichen? Welches Problem will ich lösen?
3. Lösung: Die Suche nach dem Lösungsweg beginnt.

»Ist das wirklich in jeder Wissenschaft gleich, Papa?«

Thom schmunzelte, legte den Kopf zur Seite und antwortete:

»Ja, Martha, so ist es. Das gesamte Leben unterliegt den Gesetzen der Natur; hier auf der Erde und überall im Universum. Und weißt du was?«

Martha und Thom setzten sich jetzt auf die Couch. Thom fuhr fort: »Wir tun gut daran, zu akzeptieren, dass wir nicht alles neu erfinden können. David, du kennst ihn noch aus dem Urlaub damals, hat mir genau das vermittelt; wir sollten froh sein über die Geschenke, die uns die Natur gemacht hat. Wir sollten lernen, das zu akzeptieren. Viele Menschen glauben oft alles verändern zu müssen, die Prozesse immer schneller, schlanker und effektiver werden zu lassen. Aber ... wenn wir uns die Welt so anschauen ... werden wir eines Besseren belehrt.«

Martha hatte es sich gemütlich gemacht und hörte gebannt zu.

»Der menschliche Körper, ach, was sag ich, die gesamte Natur ist in ihrer Komplexität so vollkommen und genial, dass es töricht wäre, sie stören und modifizieren zu wollen. Nur weil wir ein hochentwickeltes Gehirn haben, glauben wir, alles anfassen zu müssen, aber nein, ich glaube, durch all diese Überlegungen werden wir nicht effizienter, sondern flüchtig und ohne Tiefgang. Wir machen es uns leicht und betrachten das große Ganze nicht mehr. Die Ergebnisse erlebe ich in meinem Berufsalltag; wir reagieren nur noch, statt besonnen zu überlegen, wie man ein gesundheitliches Problem so angeht, das der Gesundheitssuchende die wirklichen Ursachen erkennt.«

»Jetzt redest du dich aber in Rage, Papa!«, grinste Martha. Aber sie stimmte ihm zu, schon häufig hatte sie zugehört, wie Thom von der systematischen Anwendung der 3G-Formel erzählte. Mit ihr, so Thom, erkannte er immer häufiger die wahren Ursachen der Volkskrankheiten.

∗∗∗

Am nächsten Tag behandelte Thom im »Carpe Diem« einen Patienten, der erzählte, dass er im Vorfeld bereits bei anderen Fachkollegen gewesen war. Von denen konnte keiner seine Probleme lösen und er war sehr verzweifelt. Der Patient wollte sich aber mit seinem Schicksal nicht zufriedengeben und suchte daher immer weiter. Jetzt war er schließlich bei Thom.

Thom fragte gar nicht erst nach den Einschätzungen der Kollegen vor ihm. Er hörte sich die Geschichte ganz genau an, erforschte jedes Detail, nahm sich viel Zeit. Wie immer. Und er machte wieder die Erfahrung, dass es gewinnbringender war, systematisch nach der Ursache des Problems zu forschen und dann zusammen mit dem Gesundheitssuchenden zu trainieren und seine schädlichen Gewohnheiten durch neue, gesündere zu ersetzen. Die Beschwerden wurden dadurch Schritt für Schritt weniger. Es war auch nicht selten, dass die Menschen gar keine Beschwerden mehr hatten, nachdem sie eine Zeit lang gemeinsam mit Thom oder einem seiner Gesundheitsplaner gearbeitet hatten. Bonsai war so ein Beispiel; er brauchte die Hilfe von Thom seit Jahren nicht mehr. Ihm wurde damals bescheinigt, ein Leben lang mit hohem Blutdruck zu tun zu haben – aber das verschwand mit der Zeit.

Das Konzept der »chronischen Krankheit« wurde durch diesen und weitere Fälle für Thom zu einem Widerspruch in sich selbst. Er und sein Team schafften es immer häufiger, die Patienten beschwerdefrei zu bekommen. Die Gesundheitssuchenden nahmen immer weitere Wege auf sich, um »Carpe Diem« besuchen zu können. Er resümierte: »Wir sind keine Wunderheiler und wir haben auch keine besseren Fähigkeiten als andere Experten auf dem Gebiet. Aber wir nehmen uns die Zeit, die wirklichen Ursachen zu bestimmen. Diese zeigen sich zwar immer am Körper, aber häufig liegen sie verborgen, in deren Alltag oder Berufsleben; eben irgendwo in der Vergangenheit.«

Die Gesundheitsplaner verstanden immer besser, wie sie das ihren Patienten kommunizieren konnten und ihnen damit die Hoffnung gaben, ihre Probleme in den Griff zu bekommen. Sie etablierten die sogenannten Gesundheitseinsteigerprogramme, mit denen sie ihre Klienten dazu bringen konnten, in Eigenregie mitzuarbeiten und ihre Lebensweise zu verändern. Es dauerte dann nicht mehr lange und die Probleme wurden weniger oder lösten sich ganz in Luft auf.

***

Immer mehr trat Thoms neue Philosophie hervor. Er wollte chronischen Krankheiten den Rücken kehren, aber nicht im klassischen Wortsinn. Weiterhin konnten Menschen mit chronischen Beschwerden zu ihm kommen; aber er wollte das Wort nicht mehr benutzen. Für ihn richtete es mehr Schaden an, als es half.

Das bedeutete nicht, dass er und sein Gesundheitsplaner-Team den Menschen, die zu ihnen kamen, nicht mehr helfen wollte; ganz im Gegenteil! Der Zulauf war weiterhin enorm und Thom hörte mittlerweile auf zu zählen, wie viel Patienten ihre Gesundheit mit Hilfe von »Carpe Diem« wieder in den Griff bekommen hatten. Anfangs ärgerte Thom sich das ein oder andere Mal, weil er nichts mehr von den Gesundheitssuchenden hörte – aber mit der Zeit begriff er, dass das ein gutes Zeichen war, weil es bedeutete, dass es ihnen wieder besser ging und sie seine Hilfe nicht mehr benötigten.

»Chronisch« kommt vom griechischen »chronos« – Zeit, und ist von diesem Wort abgeleitet. Eins zu eins übersetzt würde es »langsam« oder »lange andauernd« heißen. Und siehe da – lange andauernd heißt nicht »kaputt« oder »irreversibel« oder gar »lebenslänglich«!

»Chronisch« bedeutet nur, dass man sich Zeit nehmen muss. Wenn man das auf diese Weise kommuniziert, ändert sich die Erfolgsquote schlagartig.

Fortan behandelten Thom und seine Gesundheitsplaner keine chronischen Krankheiten mehr. Sie begannen mit Gesundheitssuchenden gemeinsam auf ihre Gesundheit hinzuarbeiten!

Erkenntnis Nr.11

Chronisch bedeutet nicht *kaputt*.
Volkskrankheiten darf man nicht
wie Schnupfen behandeln.

Du musst sie aber auch nicht
lebenslänglich hinnehmen.

Vertrauen ist gut, Kontrolle ist notwendig!

Ariane war erneut zu Gast im »Carpe Diem« und erzählte von ihrem Fortschritt. Noch immer hatte sie Probleme damit, den Plan zur Veränderung von Gewohnheiten umzusetzen und konkret dranzubleiben. »Ein paar Tage geht es ...«, erzählte sie, »aber dann verfalle ich wieder in alte Muster zurück, es ist wie verhext. Mir fehlt ein Plan, wie ich die Gewohnheit implementieren kann!«

Thom nahm sich eine Stunde, weil er auch die körperlichen Übungen mit ihr noch mal durchgehen wollte. Anschließend kümmerte er sich um ihre Ernährung und das besondere Leidthema: Gewohnheiten.

Um Ariane besser verdeutlichen zu können, was er meinte, erzählte er ihr die Geschichte, wie er sich regelmäßig mit seinen Studienfreunden traf, um einmal im Jahr ein gemeinsames »Aktiv-Wochenende« zu starten. Acht Freunde, die sich jedes Jahr fanden und neben ihrem gemeinsamen Hobby gute Gespräche führten. Jeder berichtete aus seinem Leben und die anderen konnten viel dadurch lernen. Einer der Freunde wurde

›der Lange‹ genannt, ein Trainer, der viel in der Welt unterwegs war. Seine Sportler gehörten zu den besten der Welt, einige machte er zu Weltmeistern, einen sogar zum Olympiasieger.

Die Sportler, die er trainierte, berichteten selbst aber am liebsten vom größten Radrennen der Welt. Der Lange erzählte oft von einer »Höllentour« und davon, wie er es schaffte, dass seine Sportler trotz großer Anstrengungen und Qualen nichts sehnlicher wollten, als dabei zu sein.

»Das war irre ...«, berichtete er, »obwohl man im Training und auch während des Rennens sprichwörtlich durchs Feuer treten muss – mit Bleirucksack auf den Schultern! – haben alle nichts lieber gewollt, als eben genau das zu tun!«

Wie genau kam es dazu?

In der Pädagogik ist es schon lange eine umstrittene Fragestellung, wie man Lernende dazu bekommt, ihre Ziele auch zu erreichen. Kinder in der Schule zum Beispiel, oder aber Erwachsene, die eine neue Kampfsporttechnik erlernen möchten.

Die einen schwören auf die beiden Ds: Druck und Disziplin. Nur ein ›harter Hund‹ könne sich durchbeißen und die Oberhand behalten. Am besten funktioniere dieses Modell mit einem Lehrer oder Trainer, der einem im Nacken sitzt und den Fortschritt kontrolliert, den Menschen triezt und drillt. Es wird mit Angst gearbeitet: Wenn der Teilerfolg nicht freiwillig angestrebt wird, gibt es eine Strafe!

Kurzfristig greift diese Methode und bringt wohl gute Ergebnisse. Wer innerhalb von drei Wochen fünf Kilo abnehmen will (oder muss), ist mit der Methode bestens bedient.

Aber dann? Was ist nach den drei Wochen? Nicht selten tritt ein Jo-Jo-Effekt ein, weil zwar auf Biegen und Brechen eine bestimmte Verhaltensweise geändert wurde, aber nicht die grundlegende Gewohnheit.

Beim Erlernen einer Fremdsprache bringt es nichts, sich kurzfristig ›abzurackern‹ und nach drei oder vier Monaten wieder mit leeren Händen (oder einem leeren Kopf) dazustehen.

Die alternative Variante ist, dem Menschen Freiraum zu geben und ihn dann mit dem ›großen Bild‹ zu reizen, mit weiter entfernten Zielen. Sobald ein Gedankenprozess in Gang getreten ist und der Mensch den Wandel aus eigenen Stücken für richtig hält, wird er alles Notwendige tun – und eben auch gerne, über viele Monate hinweg.

Erkenntnis Nr.12

Der Weg zur Gesundheit bedeutet immer
einen gewissen Aufwand. Schnelle Hilfe
bedeutet nicht, Probleme zu lösen.

Ausdauer und Eigenmotivation sind
deine unabdingbaren Begleiter!

Nehmen wir das Beispiel mit der Fremdsprache. Ein Schüler, der mit Spanisch nichts anfangen kann und zum Vokabellernen mit Druck und Angsteinflößung gezwungen wird, kann die Sprache niemals so gut wie ein anderer Schüler, der auf seinen 1-Jahres-Aufenthalt in Kolumbien hinfiebert und dort studieren möchte. Er wird aus vollkommenem Eigeninteresse heraus die Sprache lernen, Überstunden schieben und üben, wo er nur kann. Genau diese Geisteshaltung benötigt es, wenn man ein Ziel erreichen möchte – auch dann, wenn es um die körperliche Fitness und ums Abnehmen geht.

Auch ›der Lange‹ scheint diese Art der Eigeninitiative in seinen Sportlern ausgelöst zu haben, weil sie sich völlig freiwillig vorbereiten – sie haben sich sprichwörtlich die Beine ausgerissen und sich auf das Rennen gefreut.

Es gibt einen Spruch alter Seefahrer:

»Willst du ein Schiff bauen, rufe nicht die Menschen zusammen, um Pläne zu machen, die Arbeit zu verteilen, Werkzeug zu holen und Holz zu schlagen, sondern lehre sie die Sehnsucht nach dem großen, endlosen Meer.«

Antoine de Saint-Exupéry
(Die Stadt in der Wüste / Citadelle)

***

Und das hatte Thom auch mit Ariane vor.

Wie entstehen Gewohnheiten – und vor allem die, die Ariane so plagen?

Gewohnheiten sind das Resultat vieler Faktoren, die unser Leben bestimmen. Das soziale Umfeld, die Familie, Freunde, die Arbeit und viele weitere Dinge haben Einfluss auf unsere Verhaltensweisen. Wir Menschen probieren etwas aus, und wann immer unsere Ziele erreicht werden, etwa, indem wir durch ein Stück Schokoladenkuchen satt geworden sind, wiederholen wir es, bis eine Routine etabliert wurde und diese sich im Unterbewusstsein eingeprägt hat.

Das alles braucht Zeit und geschieht nicht von heute auf morgen. Es bedarf einiger Wiederholungen; je häufiger wir etwas tun, desto sicherer fühlen wir uns dabei und desto weniger anstrengend ist es für uns, weil wir darüber nicht mehr nachdenken müssen. Wir alle haben unsere ganz eigenen Gewohnheiten und Routinen. Eine schlechte oder alte Gepflogenheit durch eine neue Gewohnheit zu ersetzen, bedeutet daher harte Arbeit.

GEDACHT heißt nicht immer gesagt,
GESAGT heißt nicht immer richtig gehört,
GEHÖRT heißt nicht immer richtig verstanden,
VERSTANDEN heißt nicht immer einverstanden,
EINVERSTANDEN heißt nicht immer angewendet,
ANGEWENDET heißt noch lange nicht beibehalten.

Konrad Lorenz (1903–89, 1973 Nobelpreis)

»Wann immer du eine schlechte Gewohnheit loswerden willst, ist das leichter gesagt als getan«, sagte Thom zu Ariane, die mittlerweile auf dem Gymnastikball saß und auf weitere Anweisungen wartete.

»Wir sind Wiederholungstäter und Gewohnheitstiere. Der effektivste Weg besteht darin, eine alte Gewohnheit durch eine neue Gewohnheit zu ersetzen!«

Ariane kam Thom entgegen und sagte: »Ja, das ist es ja, was ich möchte. Ich habe das Ziel vor Augen, wie damals auf dem Dach besprochen, aber ich schaffe es einfach nicht zu verzichten!«

»Wie gesagt, Verzicht muss gar keine Lösung sein, mit einem Sechs-Punkte-Plan kann es auch funktionieren!«

Und der geht so:

1. Die schlechte Angewohnheit wird klar und deutlich definiert: »Jeden Abend eine Tafel Schokolade naschen. Das möchte ich ersetzen.«

2. Es wird eine Alternative gefunden: »Stattdessen werde ich Nüsse naschen!«

3. Die alte wird gegen die neue Routine ausgetauscht: »Bis morgen werde ich die letzte Schokolade aufbrauchen und dann für übermorgen Nüsse besorgen!«

4. Mit Belohnung festigen: »Jeden Samstag zur Belohnung einen Riegel Lieblingsschokolade!«

5. Unterstützer für Rückschläge suchen: »Die ganze Familie verzichtet auf Schokolade am Abend!«

6. Durchhalten: Neurowissenschaftler fanden heraus, dass eine Gewohnheit erst dann fest etabliert ist, wenn sie für mindestens 66 Tage am Stück ausgeführt wird.

»Meinst du, darauf können wir uns einigen, Ariane?«

Sie nickte. Zuversicht durchfuhr ihr Gesicht. »Ich probiere es!«

Also gut. Sie probierte es.

Erkenntnis Nr. 13

Mit der richtigen Konsequenz ist es
für dichmöglich, eine alte Gepflogenheit
durch eine neue zu ersetzen.

Die »Hab-mich-bis-zum-Tod-lieb«-Patienten

Einen Monat nach der ersten Schulung bei David ging es mit dem zweiten Termin weiter, der sich in zwei Teile gliederte. Krissi blieb dieses Mal zu Hause. Ein paar Teilnehmer vom letzten Mal waren auch wieder da, insgesamt war die Runde aber eher klein. »Das ist normal ...«, begrüßte David den Freund, »beim zweiten Mal kommen naturgemäß immer weniger Leute. Sind halt nicht alle so diszipliniert wie du, Sportsfreund!«

Nach der Begrüßung und dem Verzehr einiger Schnittchen begann David seinen Vortrag und fragte: »Wenn alle Menschen ein zu einhundert Prozent funktionsfähiges Immunsystem hätten, weil sie aktiv für ihre Gesundheit sorgten – welche Gefahr würde dann von Viren und Bakterien für unsere Gesellschaft ausgehen?«

Diese Frage gab den Teilnehmern bereits ein wenig zu denken.

David beschrieb das deutsche Gesundheitssystem und verglich es mit einem Rennwagen, der seine PS nicht auf die Straße bekäme. »Wir rühmen uns für unsere medizinische Versorgung«, sagte er, »doch unsere Bürger werden gleichzeitig immer kränker. Die Kosten drohen zu explodieren und die Politiker sind der Meinung, es läge an der Demografie, also daran, dass die Menschen zunehmend älter werden.«

In der Gruppe wurde geschmunzelt, David löste es selbst auf: »Es stimmt zwar, dass die Menschen zunehmend älter werden ... aber ›alt sein‹ an sich ist noch nicht gleichbedeutend mit ›krank sein‹. Es gibt einen weiteren Ansatz, der in den letzten Jahren unbeachtet geblieben ist.«

Und dann ging er in die Tiefe: »Das heutige Gesundheitssystem reagiert nur auf das, was an Krankheiten auf dem Tisch liegt. Es denkt niemals voraus, stets wird am Symptom herumgedoktert, statt vorausschauend zu agieren. Wir müssen die Gesundheit neu denken. Die Zahlen beweisen, dass viele Krankheiten nur entstehen, weil viele Menschen zu wenig Eigeninitiative zeigen. Liebevoll nenne ich sie auch die ›Hab-mich-bis-zum-Tod-lieb‹-Patienten!«

Jetzt lachte die Gruppe, auch, weil sie sich ein wenig ertappt fühlte. David erklärte weiter, dass es vielen Menschen zu leicht gemacht werde und dass in vielen Köpfen verankert sei, »der Doktor« und seine Pillen würden einen schon wieder richten.

»Gesundheitsexperten behaupten, dass mehr als die Hälfte unserer Bevölkerung eine solche Erwartung hegen – stellt euch das mal vor!«

Er umriss die Zwickmühle der Wirtschaftlichkeit eines jeden Behandlungsvorgangs, der im Konflikt mit den Menschen und ihrer Krankheitsgeschichte steht. »Wir sehen den Wald vor lauter Bäumen nicht mehr«, beklagte David und beugte sich über seinen Schreibtisch nach vorne. »Schnelle, passive Behandlungen führen zwar manchmal zu kurzfristigen Erfolgen, aber nicht zur Lösung des eigentlichen Problems. Volkskrankheiten nehmen nur zu und die Wartezimmer bei Ärzten werden stets voller. Und für was?«

»Das liebe Geld ...«, antwortete ein Teilnehmer, den Thom beim ersten Treffen vor ein paar Wochen nicht wahrgenommen hatte, in leisem Ton. Die Gruppe kicherte wieder leise.

»So ist es ...«, bestätigte David, »und nur, dass ihr mich richtig versteht: Ich habe nichts gegen Marktwirtschaft, ich habe auch nichts dagegen, dass Therapeuten Geld verdienen wollen oder dass die liebe Gesundheit überhaupt mithilfe eines Marktes geregelt wird. Geräte, Medikamente, Arbeitszeit und Hilfsmittel jedweder Art fallen nicht vom Himmel, sondern müssen finanziert werden. Aber ich finde, die Entscheidungsträger sollten sich daran erinnern, dass wir Menschen ein Produkt der Natur sind – und dass manche Mühlen anders mahlen als etwa in der freien Wirtschaft, wo mit physischen Gütern gehandelt wird.«

Es wurde 11 Uhr und David läutete die erste kleine Pause ein. Die Teilnehmer standen auf, um sich die Beine zu vertreten und frische Luft zu schnappen. Thom ging auf den Menschen zu, der vorhin »das liebe Geld« geflüstert hatte, und lernte ihn kennen; er hieß Wanja und war ebenfalls Therapeut. Die beiden unterhielten sich über den Vortrag und ihre eigenen Praxen und Thom erzählte die Geschichte, wie er David auf dem Campingplatz über den Weg lief.

Anschließend setzten sich alle wieder gemeinsam hin und David knüpfte nahtlos an das vorher Gesagte an: »Das, was wir vorhin besprochen haben, wissen auch die Ärzte in diesem Land.

Sie wissen, dass ein regelmäßiger Spaziergang oder ein wenig Sport die Pille, die sie verschreiben möchten, ersetzen kann. Und ja – viele Ärzte sagen das ihren Patienten auch!«

Die Teilnehmer nickten. Es gebe keine »ärztefeindliche« Stimmung, so der Tenor, im Gegenteil, der Arzt ist der beste Freund des Therapeuten – sofern beide das Wohl des Patienten im Blick haben. Und offenbar wollte David genau darauf hinaus, er fuhr fort: »Man müsste den Ärzten vermutlich mehr Zeit geben, damit sie es in die Köpfe ihrer Patienten transportieren können.«

Thom nickte, diesmal allein. Er verstand den Gedanken. Viele Erkrankte hatten sich daran gewöhnt, den Weg des geringsten Widerstandes zu wählen. Und auch die Krankenkassen, denen so langsam das Geld ausging, haben erkannt, dass man mit Vorsorgemaßnahmen dazu kommen würde, dass Krankheiten gar nicht erst entstehen. Genau das muss der Weg sein.

Was aber meinte David mit seiner Forderung, Gesundheit neu zu denken? Wie könnte man es schaffen, dass man die »Hab-mich-bis-zum-Tod-lieb«-Patienten zum Umdenken bewegt, damit diese mehr Eigeninitiative zeigten? Darüber wollte er sich auch mit Wanja unterhalten, doch der schien nach dem Seminar schnell weggekommen zu sein. »Seltsam«, dachte sich Thom, »und gleichzeitig schade. Ich mochte ihn, er war ein angenehmer Gesprächspartner!« Er erkundigte sich bei David, ob dieser ihm die Telefonnummer von Wanja herausgeben könnte. »Das mach' ich eigentlich nicht, allein aus Datenschutzgründen ist das schwierig. Wenn du möchtest, frage ich ihn und kann dir dann, wenn er seine Erlaubnis erteilt, die Nummer weiterleiten, okay?« Ein paar Stunden später, Thom war auf dem Heimweg im Auto, erhielt er einen Anruf, den er über die Freisprechanlage annehmen konnte. Unbekannte Nummer.

»Hallo?« – es war Wanja. Er freute sich, dass Thom sich um Kontakt bemühte, und gleichzeitig entschuldigte er sich dafür, dass er so schnell weg war. »Ich musste eine Viertelstunde früher los, weil ich meine Tochter abholen musste. Jetzt hast du ja meine Telefonnummer, worüber wolltest du sprechen?«

Die beiden plauderten auf Thoms ruhiger Autobahnfahrt über das Seminar und die Lernerfolge. Gemeinsam erörterten sie, wie wichtig es sei, die Menschen zu mehr Eigeninitiative und Eigenverantwortung zu animieren. Allein mit guter Kommunikation bei den Hausärzten würde man Einzelne zum Umdenken bewegen – das hatte sich schon oft genug bewiesen. Thom erzählte von Ariane und Bonsai, ohne dabei ihre Namen zu verraten oder zu persönlich in deren Geschichte einzutauchen.

Nach einer halben Stunde legten auf und Thom fuhr die restlichen Kilometer allein in der Dunkelheit. Er war sich bewusst, dass er den Umschwung, den er sich wünschte, nicht allein mit seiner Gesundheitsmanufaktur schaffen würde. Dennoch blieb er konstruktiv und entwickelte einen Plan. Bekämen die Ärzte oder Gesundheitsexperten die Chance, nicht nur auf Krankheiten reagieren zu müssen, sondern aktiv mit ihren Patienten an deren präventiver Gesunderhaltung zu arbeiten, würde chronische Gesundheit für viele Menschen möglich, ja sogar unausweichlich werden.

Er stellte sich das künftige Gesundheitssystem wie ein großes Orchester vor: Der Arzt oder Gesundheitsexperte wäre der Dirigent, der Patient müsste die erste Geige spielen. Das übrige Orchester, alle Möglichkeiten also, die unser Gesundheitssystem bietet, würde dann miteinander spielen und alle Beteiligten hätten die Chance auf ihren eigenen Erfolg – und das Orchester würde sich wahrscheinlich zum besten der Welt spielen.

Erkenntnis Nr.14
Nicht mal der beste Arzt der Welt
kann jemanden chronisch gesund machen.

Der Erfolg kann sich nur einstellen,
wenn du als Gesundheitssuchender
die erste Geige für deine Gesundheit spielst.

Chris und seine verrückte Idee,
alle Menschen gesünder machen zu wollen

Ein Jahr später war das 3G-Behandlungskonzept vollends in Fleisch und Blut übergegangen. Thom und seine Mitarbeiter beherrschten das Stellen der Fragen aus dem Effeff und konnten ihre Patienten stets dort abholen, wo sie individuell standen und ihnen das Gefühl geben, in den richtigen Händen zu sein. »Carpe Diem« lief wieder besser und überstieg den anfänglichen Erfolg. Immer mehr Menschen empfahlen das Haus und sein Konzept weiter und Thom hatte viel damit zu tun, die Anfragen zu bewältigen.

Die Anwendungen und deren Ergebnisse sprachen sich herum und so kam es, dass Thom regelmäßig zu Veranstaltungen eingeladen wurde, um dort sein Behandlungskonzept vorzustellen. Viele Experten und Vertreter anderer Gesundheitshäuser waren zu Gast und bildeten sich weiter, und auch an diesem einen Donnerstag hielt Thom auf einem Gesundheitskongress einen Vortrag über das 3G-Behandlungskonzept. Die Hinfahrt dauerte eine Stunde und die Präsentation lief makellos. Einem der

Zuschauer gefiel Thoms Darbietung besonders gut, sodass er im Anschluss auf ihn zukam und ihn darauf ansprach. Er hieß Chris und die beiden hatten direkt eine gute Chemie, als würden sie sich schon ewig kennen. Chris war klug, kreativ und geschäftstüchtig, er kam beruflich aus der Landwirtschaft und begann vor einigen Jahren sein Leben aufgrund chronischer Beschwerden zu ändern. Er gestaltete seine Lebensweise ganzheitlich gesund und lernte in dem Zuge auch seine heutige Frau kennen, die aus der gleichen Branche wie Thom kommt und ähnlich denkt und arbeitet. Chris erfuhr somit am eigenen Leib, wie seine Gesundheit mit Eigeninitiative und Bereitschaft zur Veränderung von Gewohnheiten wiederhergestellt werden konnte.

Thom und Chris redeten über das 3G-Behandlungskonzept und schaukelten sich einander hoch. »Irgendwie …«, stellte Thom fest, »liegt etwas Großes in der Luft. Was hältst du davon, wenn du mich in den nächsten Tagen mal bei mir besuchst?« – »Das wollte ich auch gerade vorschlagen. Ich würde mich freuen, die ›Brutstätte‹ des 3G-Behandlungskonzeptes mal live zu erleben. Wie sieht's denn mit dem kommenden Wochenende aus?«

Die Verabredung stand – und mit ihr der Weg zu einer vielversprechenden Zusammenarbeit.

***

Chris kam Samstagabend und nahm sich ein Hotelzimmer in der Stadt. Er schaute abends kurz im »Carpe Diem« vorbei und begrüßte Thom, der ankündigte, sich den Sonntag komplett für ihn freigehalten zu haben. »Lass uns morgen in Ruhe in unserem Aufenthaltsraum ein paar Gedanken spinnen.

Der heutige Abend ist für meine Familie reserviert; morgen mache ich uns einen leckeren Tee und dann können wir plaudern! Siehst du? Der Flipchart steht auch schon bereit!« Chris grinste und verabschiedete sich in die Nacht.

***

Am nächsten Morgen frühstückten sie gemeinsam im Aufenthaltsraum. Chris brachte frische Vollkornbrötchen vom Bäcker mit und Thom ein paar selbstgemachte Marmeladen, die seine Frau zubereitet hatte. Schnell einigten sie sich beim ersten Tischgespräch darauf, die Gesundheitsplaner 3G-Methode neu denken zu wollen. Sie hatten die Vision, sie so vielen Gesundheitssuchenden wie nur möglich zur Verfügung zu stellen – und damit ein großes Ziel vor Augen.

Thom schilderte, wie sich die letzten Monate für ihn darstellten. Er erzählte von seiner 3G-Formel, die bei der Erlangung von chronischer Gesundheit helfen sollte und auch von den Erkenntnissen aus Davids Ratschlägen und Schulungen. Diese machten das Behandlungsteam der Gesundheitsplaner erfolgreicher denn je. Viele seiner Handlungsansätze hatten mit der Zahl ›3‹ zu tun, was zur Folge hatte, dass die Menschen, die in der Gesundheitsmanufaktur ihre Lebensqualität verbessern möchten, alle Schritte logisch und klar nachvollziehen konnten.

Chris forderte Thom heraus: »Was ist dein Pitch?«

»Mein ... was?«, fragte Thom verdutzt.

»Na, dein Pitch. Angenommen, du würdest auf einen einflussreichen Geldgeber treffen und müsstest ihm in nur einem Satz erklären, was du machst, damit er dir Geld gibt – was würdest du sagen?«

Thom dachte nach und erinnerte sich an die Worte von David. »Wer fragt, der führt!«, sagte er immer. Und: »Niemals die Führung aus der Hand geben!«

»Warum möchtest du das wissen, Chris?«

Chris erklärte, er wolle mit ihm Geschäftspartner auf Augenhöhe sein, solche, die zu jeder Zeit auf einer Wellenlänge schwebten.

»Hm, also gut. Eine Zusammenfassung könnte so lauten: Ich sehe mich als Gesundheitsplaner und werde von den besten Medizinern, Therapeuten und Wissenschaftlern aus der Gesundheitsbranche unterstützt. Seit langer Zeit arbeite ich daran, Menschen mit Zivilisationskrankheiten chronisch gesund zu machen. Unser Gesundheitsplaner-Team hat die Formel entwickelt, die in der Lage ist, sie auf den Weg zur chronischen Gesundheit zu führen!«

»Bravo«, applaudierte Chris. Er schien begeistert. »Hast du schon mal darüber nachgedacht, deine 3G-Formel um die Farben rot, gelb und grün zu ergänzen?«

»Danke. Mir gefällt das mit dem Pitch. Es zwingt einen, sich auf das Wesentliche zu konzentrieren. Was meinst du mit den Farben?«

»Die Patienten würden sich sofort an die drei Ampelfarben erinnern und anhand ihrer Farbe erkennen, wo sie mit ihrer Gesundheit stehen!«

Thom begann zu lächeln. Chris' Aussagen ergaben Sinn und bestätigten seine Annahme, dass er der Richtige war, um die 3G-Methode neu zu denken.

Während des Gesprächs wurde für die beiden immer wieder neuer Tee aufgegossen. Das Gesundheitshaus war ja aufgrund des Sonntags für andere Besucher und Patienten geschlossen.

»Neben der Tatsache, dass wir auf diese Art und Weise unseren Patienten sehr eindringlich die Augen öffnen können«, sagte Thom, »kann eine 3G-›Ampel‹ weitere Ziele erreichen, wie etwa, dass dem Arzt oder Therapeuten geholfen wird, da die Patienten gewissermaßen kategorisiert werden und weil es auch eine Verlaufsdokumentation darstellen kann, ob die Behandlungsweise Erfolg bringt.«

»Und da ist sie schon wieder: die Zahl 3!«, antwortete Chris – und beide mussten sie lachen.

Chris stieg damals, als er sich um seine eigene Gesundheit kümmerte, aus dem landwirtschaftlichen Großbetrieb seiner Eltern aus. Er beschäftigte sich fortan mit innovativen Ansätzen der Gesundheitsbranche. Auch er fürchtete, dass das Gesundheitssystem vor dem Kollaps stand.

Die beiden redeten weiter. Thom erklärte Chris, dass das heutige Gesundheitssystem zwar eines der fortschrittlichsten der Welt sei, aber man es nicht verstehe, die einzelnen Fachleute und Systeme so zu nutzen, dass sie den Menschen wahrhaftig helfen. Alle erwarteten den schnellen Erfolg und wollten dabei den Weg des geringsten Widerstands gehen.

Das begeisterte Thom, denn sie fanden einen gemeinsamen Nenner: Beide wollten mittels einer guten Lösung das Gesundheitssystem ein Stück besser machen.

»Wer etwas verändern will, hat Ziele – wer nichts verändern will, sucht Gründe!«, sagte Chris, »Unsere heutige Lebensweise verlangt nach einem Gesundheitssystem für alle, egal wo und in welcher Lebenswelt Menschen zu Hause sind. Nachhaltige Gesundheit ist nur erfolgversprechend, wenn sich medizinische und therapeutische Kompetenz an Alltags- und Berufssituationen unserer heutigen Lebenswelt anpasst. Dafür bedarf es neben fachspezifischer auch technologischer Kompetenz.«

Thom nahm einen Schluck Tee aus seiner Tasse.

»Thom – ich habe erkannt, dass wir mit der Zeit gehen müssen, wenn wir unsere Kranken gesünder machen wollen. Wir müssen die verschiedenen Kompetenzen der Branche zur Zusammenarbeit vernetzen und sie dazu auffordern, Gesundheit der heutigen Zeit entsprechend zu denken. Das wird Staub aufwirbeln und zu Konflikten führen; aber so kann es doch nicht weitergehen!«

Thom goss Chris ebenfalls eine weitere Tasse ein und nickte dabei. »Unser Gesundheitswesen braucht einen Richtungswechsel. Wir müssen Gesundheit weiterdenken, über den Krankheitsfall hinaus. Krankheiten erkennen und verhindern, noch bevor sie ausbrechen!«

Die beiden rückten auf ihren Stühlen hin und her; sie wirkten heiß, als wollten sie tatsächlich etwas verändern. Chris fuhr fort: »Du bist der Experte, Thom. In deiner Manufaktur mit deinem Gesundheitsplaner-Team hast du schon so vielen Kranken geholfen! Lass uns gemeinsam nach einer Lösung suchen, damit dein funktionierendes Behandlungskonzept zu einem Leuchtturm in der Branche wird.

Wenn wir alle Beteiligten digital zusammenführen und alle Beteiligten von dieser Zusammenarbeit profitieren können, wird Gesundheit dort stattfinden, wo die Menschen sind; und aus unserem Gesundheitssystem würde das GESUNDHEITS-PLANER sysTE(A)M!«

Erkenntnis Nr.5

Manchmal muss man neue Wege gehen,
um zum Erfolg zu kommen!

Thom war begeistert und wirkte zugleich etwas nachdenklich. Ausgerechnet ein Mann aus einer anderen Branche schien den nötigen Anschubs zu geben und erklärte, wie die Volkskrankheiten der heutigen Zeit erfolgreich in den Griff zu kriegen waren.

Thom nahm einen letzten Schluck Tee. »Das werden wir angehen, Chris. Ich überlege, wie wir das Praxiskonzept so aufbauen, dass wir die Menschen dort erreichen, wo sie leben und arbeiten – denn auch nur dort werden sie ihre Probleme nachhaltig in den Griff bekommen. Wir dürfen eines nicht vergessen: Das GESUNDHEITSPLANER sysTE(A)M kann nur Erfolg haben, wenn die Gesundheitskompetenz der Gesundheitssuchenden in den Mittelpunkt gerückt wird. Nur der Mensch kann den Menschen verändern und gesund machen; Maschinen können höchstens vereinfachen, vernetzen oder nachweisen; ihnen fehlen aber Sinne, die erfahren und spüren lassen.«

»Das klingt gut. Was stellst du dir weiter vor?«

»Unser GESUNDHEITSPLANER sysTE(A)M sollte ein hybrides System sein, das die Kompetenzen von Menschen und Technik wie bei einem Orchester verbindet. Der Arzt ist der Dirigent, der Gesundheitssuchende spielt die erste Geige. Er muss alle Instrumente und Künstler zusammenbringen, damit das gesamte Orchester zum Leben erwacht. Die Technik verbindet alle, sodass die Sinne der Zuhörer erreicht werden und mit dem Beifall der Erfolg dokumentiert wird. Erst dann tragen die Zuhörer ihre Begeisterung nach außen und ziehen noch mehr Gäste an, die das gesamte Orchester erfolgreich machen!«

Chris war beeindruckt, aber Thom setzte noch einen drauf: »Eines ist mir wichtig. Mein Gesundheitsplaner-Team und ich – wir sind keine Wunderheiler. Ich möchte, dass du das von mir so ausgesprochen hörst. Alles, was wir machen, ist drei Geheimnisse anzuwenden, die andere in unserer Branche entweder nicht erkannt haben oder bewusst ignorieren.«

»Und was sind das für drei Geheimnisse?«, stocherte Christian nach.

»Pass auf ...«, sagte Thom und legte kurz seine Hand auf Chris' Schulter. »Ich habe eine Idee. Folge mir!«

Beide erhoben sich von ihren Stühlen und Thom ging voran in die Küche. Chris lief hinter ihm her. Sie gingen zum Kühlschrank und Thom holte eine Flasche Sekt heraus. »Die steht hier schon seit ein paar Monaten, wir hatten noch keine Gelegenheit, sie zu öffnen.«, kommentierte er und öffnete den Schrank, um zwei Gläser herauszuholen, die er Chris in die Hand drückte. Anschließend liefen sie aus der Küche hinaus in den Hauptflur und steuerten die Treppe nach oben an. »Wo gehen wir hin?«, frage Chris, während sie die Stufen emporstiegen. Thom antwortete nicht, sondern ließ Taten sprechen; über eine kleine Leiter betraten sie schließlich das Dach.

Chris war fitter als Ariane und benötigte keine Hilfe. Es war ein herrlicher Sonntagmittag, die Sonne schien auf das Dach, es waren herrliche 20 Grad.

Thom sagte: »Du wolltest die drei Geheimnisse wissen. Ich enthülle sie dir.«

Chris schien selig und nickte. Er legte ein zufriedenes Grinsen auf. »So gefällt mir das«, murmelte er. Thom öffnete die Sektflasche und ließ den Korken knallen. Chris hielt die beiden Gläser hin und Thom schenkte ein.

»Lass uns hiermit den Startschuss für ein gemeinsames Projekt legen – für eine Welt, in der alle Menschen chronisch gesund bleiben! Zum Wohl!«

Chris und Thom stießen an – mit dem guten Gefühl, den Startschuss für etwas Großes gelegt zu haben.

Erkenntnis Nr.16

Du als Gesundheitssuchender musst die
Verantwortung und Initiative für deinen
Weg zur Gesundheit übernehmen.

Erkenntnis Nr.17

Die Ursachen heutiger Volkskrankheiten
liegen häufig in den Lebenswelten,
die sich Menschen aufgebaut haben.
Hinterfrage deinen Alltag!

Erkenntnis Nr.18

Chronische Gesundheit erreicht man nicht,
indem man versucht, auf Krankheiten
zu reagieren! *Erreiche sie* durch
vorrrauschauend-proaktives Handeln.
Erhalte sie, indem du jeden Tag
ein bisschen an dir arbeitest!

Thoms Nachwort

Lieber Leser,

... oder darf ich mittlerweile »Gesundheitssuchender« zu dir sagen?

Mit diesen 15 Kapiteln habe ich meine persönlichen Erkenntnisse auf der Suche nach den Geheimnissen zur chronischen Gesundheit weitergegeben.

Es gibt viele Möglichkeiten, ein gesundes und zufriedenes Leben in Eigenregie zu gestalten, auch wenn ab und zu ein paar Steine im Weg liegen. Die meisten davon kannst du selbst zur Seite räumen, sofern du das nötige Rüstzeug und einen geeigneten Plan hast. Gerade zu Anfang deines Weges brauchst du jemanden, der dir die Richtung weist.

So habe ich mir überlegt, wie ich dich auf dem Weg zu deiner chronischen Gesundheit weiter unterstützen könnte.

Glücklicherweise habe ich zu diesem Zeitpunkt meinen heutigen Freund Chris kennengelernt. Mit seiner genialen und zugleich innovativen Idee ist es uns gelungen, ein System zu entwickeln: das Gesundheitsplaner sysTE(A)M.

Wenn du mehr darüber erfahren möchtest, lade dir unser Booklet zu »Thoms Reise ins Ich« kostenfrei herunter: www.DieGesundheitsplaner.de

Betrachte es als Dankeschön dafür, dass du dir für Thom und seine Geschichte Zeit genommen hast!

Wir haben für dich ein kleines Lehrbuch zusammengestellt. In zwölf Lektionen erfährst du, wie du deine Gesundheit bis ins hohe Alter erhalten oder Schritt für Schritt zurückgewinnen kannst.

Bleibe gesund!

Für die bestmögliche Begleitung hat Chris das Gesundheitsplaner sysTEAM in Form einer App entwickelt. Mehr dazu
findest du im Booklet, entweder schriftlich oder als Podcast zum
Hören.

Eines ist dabei wichtig:

Thom und Chris werden es dir nicht immer leicht machen. Für
deine chronische Gesundheit bist letztendlich nur du verant-
wortlich – und hierfür braucht es Zeit und Ausdauer. Ein altes
Ritual durch eine neue, gesunde Gewohnheit zu ersetzen, kann
bis zu 66 Tage dauern!

Aus diesem Grund erhältst du im Booklet eine 12-wöchige Serie,
in der du Woche für Woche strukturiert Tipps und Ideen auf
deinem Weg zur chronischen Gesundheit bekommst.

Wir wünschen dir viel Erfolg – bleibe gesund!

Thom(as) und Chris(tian) vom Gesundheitsplaner TEAM

FSC
www.fsc.org
MIX
Papier | Fördert
gute Waldnutzung
FSC® C083411

Zeitfracht Medien GmbH
Ferdinand-Jühlke-Straße 7
99095 Erfurt, Deutschland
produktsicherheit@kolibri360.de